Kadokawa Fantastic Novels

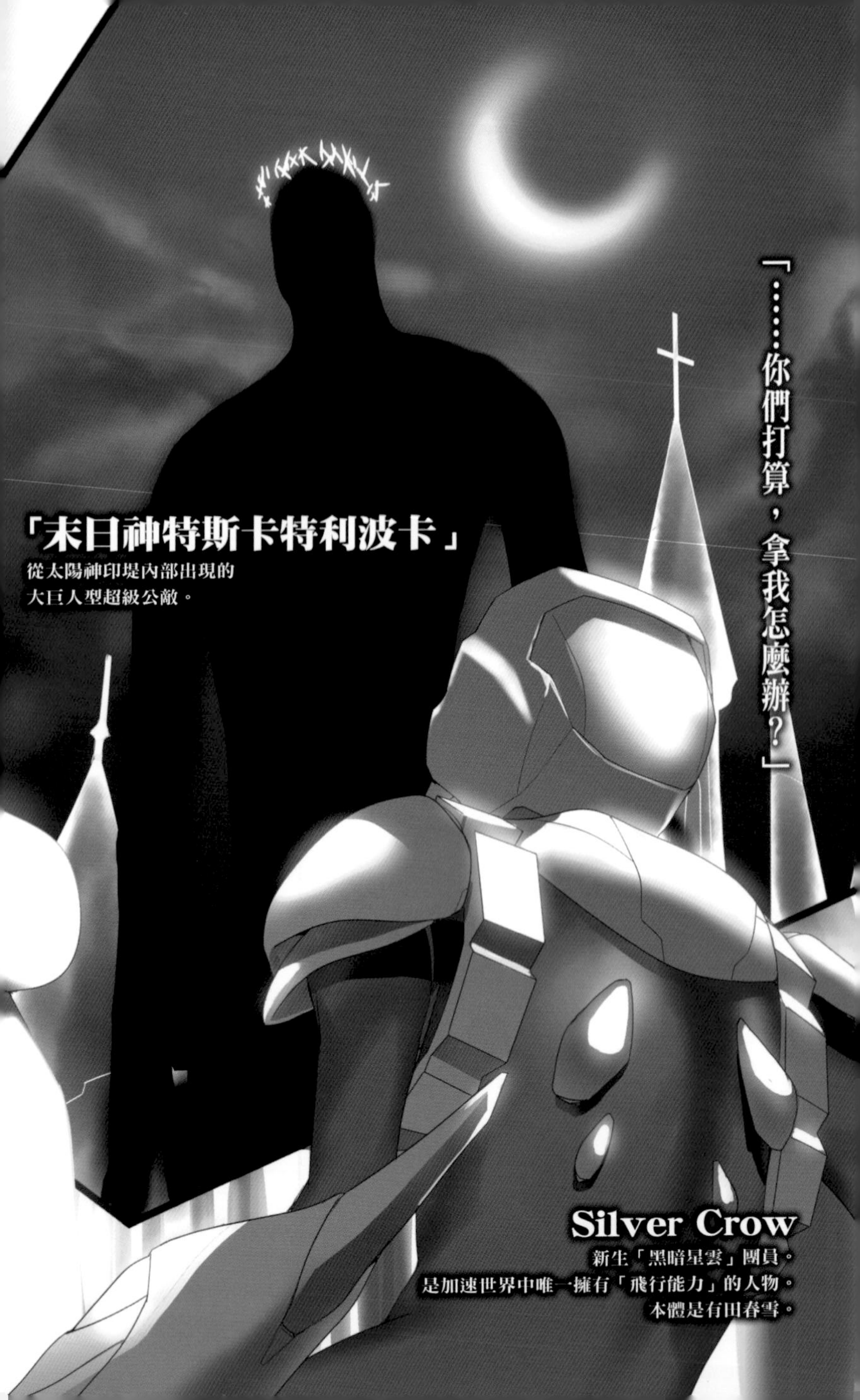
「……你們打算，拿我怎麼辦？」
「末日神特斯卡特利波卡」
從太陽神印堤內部出現的
大巨人型超級公敵。
Silver Crow
新生「黑暗星雲」團員。
是加速世界中唯一擁有「飛行能力」的人物。
本體是有田春雪。

「你將只剩兩個選擇——
和我們合作，或是當場點數全失。」
Transient Eternity
「剎那的永恆」
White Cosmos
擔任白之團「震盪宇宙」
軍團長的白之王。

仁子
新生「黑暗星雲」的
副軍團長。
對戰虛擬角色是
「Scarlet Rain」。
「我也會一起背負。」

「太重的東西，儘管交給周遭的人幫忙扛就好。」
「能這樣才是所謂的好軍團，不是嗎？」
四埜宮謠
新生「黑暗星雲」的主要團員。
在「四大元素」中司掌「火」。
Elements
對戰虛擬角色是「Ardor Maiden」。

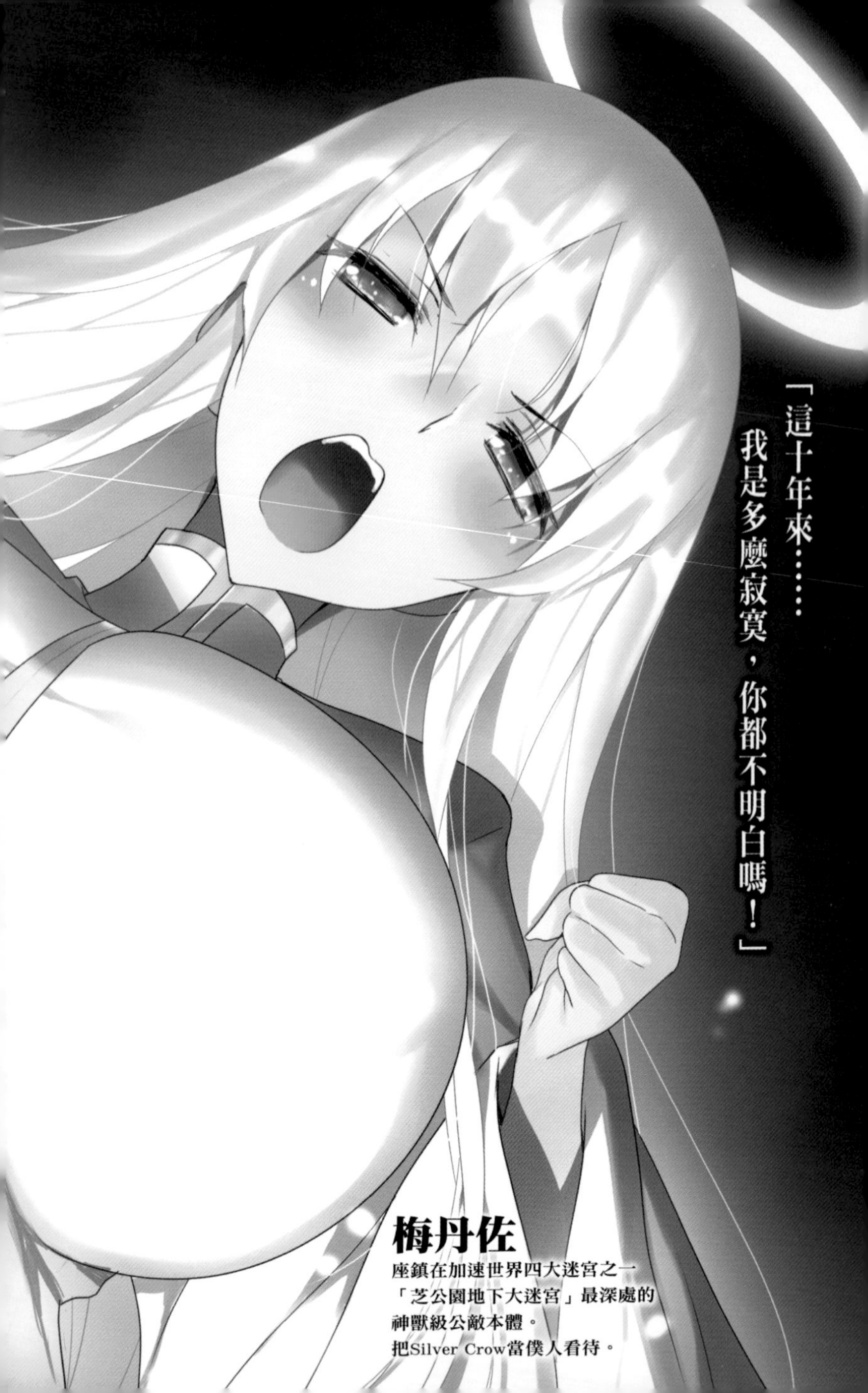
「這十年來……
我是多麼寂寞，你都不明白嗎！」
梅丹佐
座鎮在加速世界四大迷宮之一
「芝公園地下大迷宮」最深處的
神獸級公敵本體。
把Silver Crow當僕人看待。

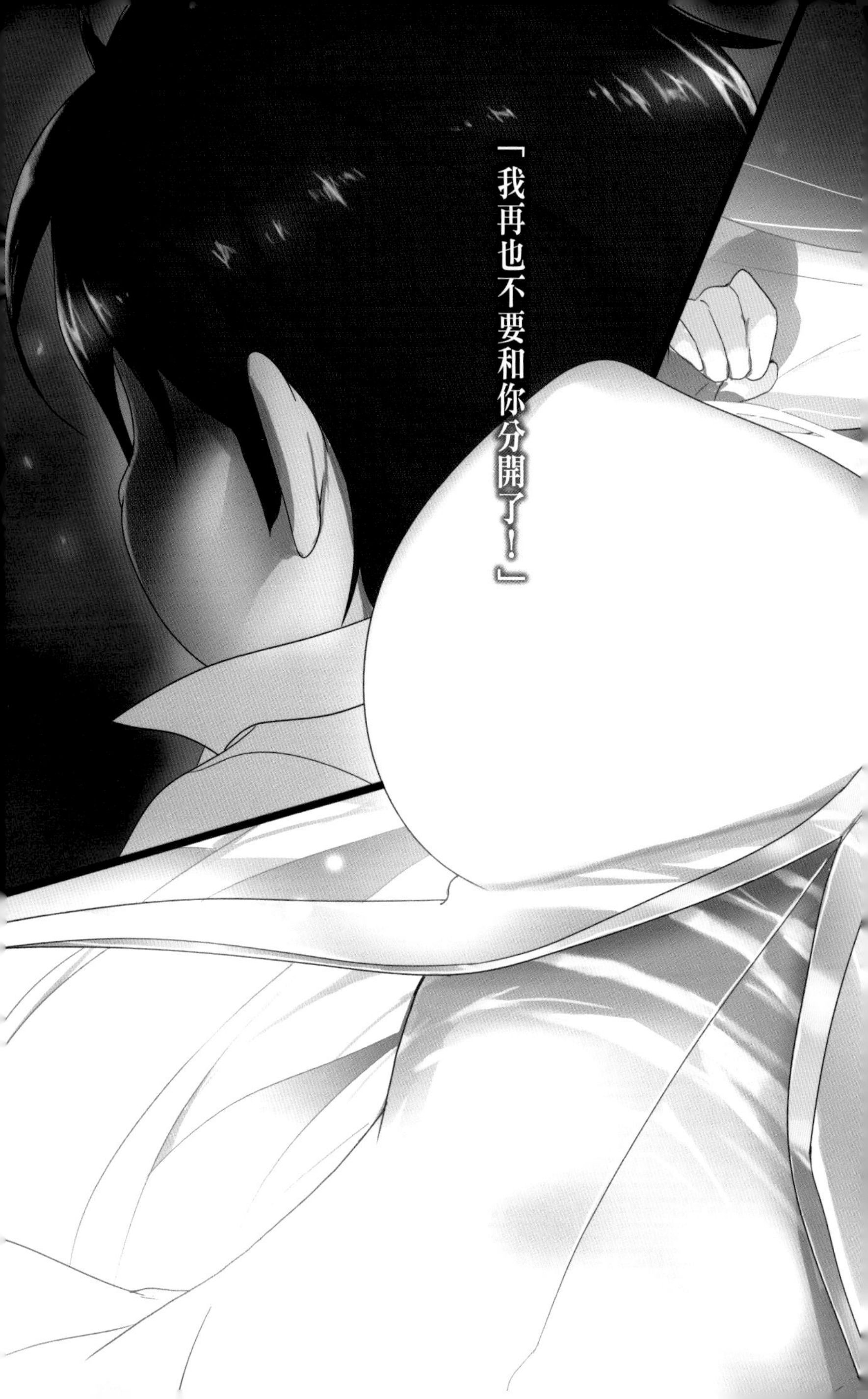
「我再也不要和你分開了！」

純色軍團

黑之團：黑暗星雲

暫定軍團長：Black Lotus（黑雪公主）
暫定副團長：Scarlet Rain（上月由仁子）
幹部名號：「四大元素(Elements)」
風：Sky Raker（倉崎楓子）
火：Ardor Maiden（四埜宮謠）
水：Aqua Current（冰見晶）
Lime Bell（倉嶋千百合）
Cyan Pile（黛拓武）
Silver Crow（有田春雪）
Chocolat Puppeteer（奈胡志帆子）
Mint Mitten（三登聖實）
Plum Flipper（由留木結芽）
Magenta Scissor（小田切累）
Trilead Tetraoxide
幹部名號：「三獸士(Triplex)」
第一人：Blood Leopard（掛居美早）
第二人：Cassis Mousse
第三人：Thistle Porcupine
Blaze Heart
Peach Parasol
Ochre Prison
Mustard Salticid
Ash Roller（日下部綸）
Bush Utan
Olive Glove
（Ash Roller、Bush Utan、Olive Glove：從長城借調）

藍之團：獅子座流星雨

軍團長：Blue Knight
幹部名號：「雙劍(Dualis)」
Cobalt Blade（高野內琴）
Mangan Blade（高野內雪）
Frost Horn
Tourmaline Shell

綠之團：長城

軍團長：Green Grandee
幹部名號：「六層裝甲（Six Armor）」
第一席：Graphite Edge
第二席：Viridian Decurion
第三席：Iron Pound
第四席：Lignum Vitae
第五席：Suntan Chafer
第六席：???
Jade Jailer

黃之團：宇宙祕境馬戲團

軍團長：Yellow Radio
Lemon Pierrette
Saxe Lauder

紫之團：極光環帶

軍團長：Purple Thorn
幹部名號：???
Aster Vine

白之團：震盪宇宙

軍團長：White Cosmos
幹部名號：「七矮星（Seven Dwarfs）」
第一人：Platinum Cavalier
第二人：Snow Fairy
第三人：Rose Milady（越賀莟）
第四人：Ivory Tower
第五人：???
第六人：Cypress Reaper
第七人：Glacier Behemoth
Shadow Croaker

其他軍團

加速研究社

Black Vise
Argon Array
Dusk Taker（能美征二）
Rust Jigsaw
Sulfur Pot
Wolfram Cerberus（災禍之鎧Mark II）

演算武術研究社

Aluminum Valkyrie（千明千晶）
Orange Raptor（祝優子）
Violet Dancer（來摩胡桃）
Iris Alice（莉莉亞·烏莎喬瓦）

所屬不詳

Avocado Avoider
Nickel Doll
Sand Duct
Crimson Kingbolt
Lagoon Dolphin（安里琉花）
Coral Merrow（系洲真魚）
Orchid Oracle（若宮惠）
Tin Writer
Centaurea Sentry（鈴川瀨利）

公敵

四聖

大天使梅丹佐（芝公園地下大迷宮）
天照（東京車站地下迷宮）
???
???

「四方門」的四神

東門：青龍
西門：白虎
南門：朱雀
北門：玄武

「八神之社」的八神

???

封印公敵

女神倪克斯（代代木公園地下大迷宮）

加速世界

Accel World

25 末日巨神

川原 礫

插畫 / HIMA

Kadokawa Fantastic Novels

■黑雪公主＝梅鄉國中的學生會副會長，是個清純又聰慧的千金小姐，真實身分無人知曉。校內虛擬角色為自創程式「黑鳳蝶」，對戰虛擬角色為「黑之王」＝「Black Lotus」（等級9）。
■春雪＝有田春雪。梅鄉國中二年級生，體型略胖，遭人霸凌。對遊戲很拿手，但個性內向。校內虛擬角色為「粉紅豬」，對戰虛擬角色為「Silver Crow」（等級5）。
■千百合＝倉嶋千百合。跟春雪從小就認識，是個愛管閒事又活力充沛的少女。校內虛擬角色為「銀色的貓」，對戰虛擬角色為「Lime Bell」（等級4）。
■拓武＝黛拓武。跟春雪及千百合從小就認識，擅長劍道，對戰虛擬角色為「Cyan Pile」（等級5）。
■楓子＝倉崎楓子，曾參加上一代「黑暗星雲」的資深超頻連線者。前「四大元素(Elements)」之一，司掌風。因故過著隱士般的生活，但在黑雪公主與春雪的勸說下回歸戰線。曾傳授春雪「心念」系統。對戰虛擬角色是「Sky Raker」(等級8)。
■謠謠＝四埜宮謠。參加上一代「黑暗星雲」的超頻連線者。名列「四大元素（Elements）」之一，司掌火。是松乃木學園國小部四年級生。不但能運用高階解咒指令「淨化」，還很擅長遠程攻擊。對戰虛擬角色為「Ardor Maiden」(等級7)。
■Current姊＝正式名稱為Aqua Current，本名冰見晶。是前「黑暗星雲」旗下的超頻連線者「四大元素（Elements）」之一，司掌水。人稱「唯一的一（The One）」，從事護衛新手的「保鏢（Bouncer）」工作。
■Graphite Edge＝本名不詳。是前「黑暗星雲」旗下的超頻連線者「四大元素」之一，真實身分至今仍然不詳。

■神經連結裝置＝以量子無線方式與大腦連線，透過影像與聲音等方式，對所有感官都能提供訊息的攜帶型終端機。
■BRAIN BURST＝黑雪公主傳給春雪的神經連結裝置內應用程式。
■對戰虛擬角色＝玩家在BRAIN BURST內進行對戰之際所控制的虛擬角色。
■軍團＝Legion。由多名對戰虛擬角色組成的集團，以擴張占領區域及確保利權為目的。主要軍團共有七個，分別由「純色七王」擔任軍團長。
■正常對戰空間＝指進行BRAIN BURST正規對戰（一對一格鬥）用的場地。儘管有著直逼現實的高規格重現度，但遊戲系統則與上個世代的格鬥遊戲相差無幾。
■無限制中立空間＝只允許4級以上對戰虛擬角色進入的高等級玩家用場地。其中的遊戲系統規模遠超出「正常對戰空間」之上，自由度比起次世代VRMMO遊戲也毫不遜色。

■運動指令體系＝用以控制虛擬角色的系統，正常情形下對於虛擬角色的控制都由這個系統處理。
■想像控制體系＝透過堅定想像意念（Image）來控制虛擬角色的系統。運作機制與正常的「運動指令體系」大不相同，只有極少數人懂得如何運用，是「心念」系統的精要。
■心念（Incarnate）系統＝干涉BRAIN BURST的想像控制體系，引發超越遊戲格局之現象的技術。又稱做「現象覆寫（Overwrite）」。

■加速研究社＝神祕的超頻連線者集團。不把「BRAIN BURST」當成單純的對戰遊戲而另有圖謀。「Black Vise」與「Rust Jigsaw」等人都是這個社團的成員。
■災禍之鎧＝名喚Chrome Disaster的強化外裝。一旦裝備上去，就可以使用吸取目標HP的「體力吸收」與透過事前運算來閃避敵方攻擊的「未來預測」等強力技能，但鎧甲擁有者的精神會遭到Chrome Disaster污染，進而完全受到支配。
■Star Caster＝Chrome Disaster所拿的大劍，有著凶惡的造型，但原本的外形可說名符其實，是一把意象莊嚴，有如星星般閃閃發光的名劍。

■ISS套件＝IS模式練習用（Incarnate System Study）套件的縮寫。只要用了這種套件，任何超頻連線者都能夠運用「心念系統」。使用中會有紅色的「眼睛」附在虛擬角色的特定部位上，散發出來的黑色鬥氣就是象徵「心念」的「過剩光(Over Ray)」。

■「七神器」(Seven Arcs)＝指「加速世界」中七件最強的強化外裝。包括大劍「The Impulse」、錫杖「The Tempest」、大盾「The Strife」、形狀不詳的「The Luminary」、直刀「The Infinity」、全身鎧「The Destiny」與形狀不詳的「The Fluctuating Light」。

■「心傷殼」＝包覆對戰虛擬角色根源所在之「幼年期精神創傷」的外殼。據說若外殼格外堅固厚重，安裝BRAIN BURST後就會塑造出金屬色的對戰虛擬角色。

■「人造金屬色」＝不是從玩家的精神創傷中自然誕生，而是由第三者加厚其「心傷殼」，人為創造出來的金屬色虛擬角色。

■「無限EK」＝無限Enemy Kill的簡稱。是指在無限制中立空間因強力公敵導致對象虛擬角色死亡，經過一段時間復活後再次被殺，陷入無限地獄的迴圈。

Accel World

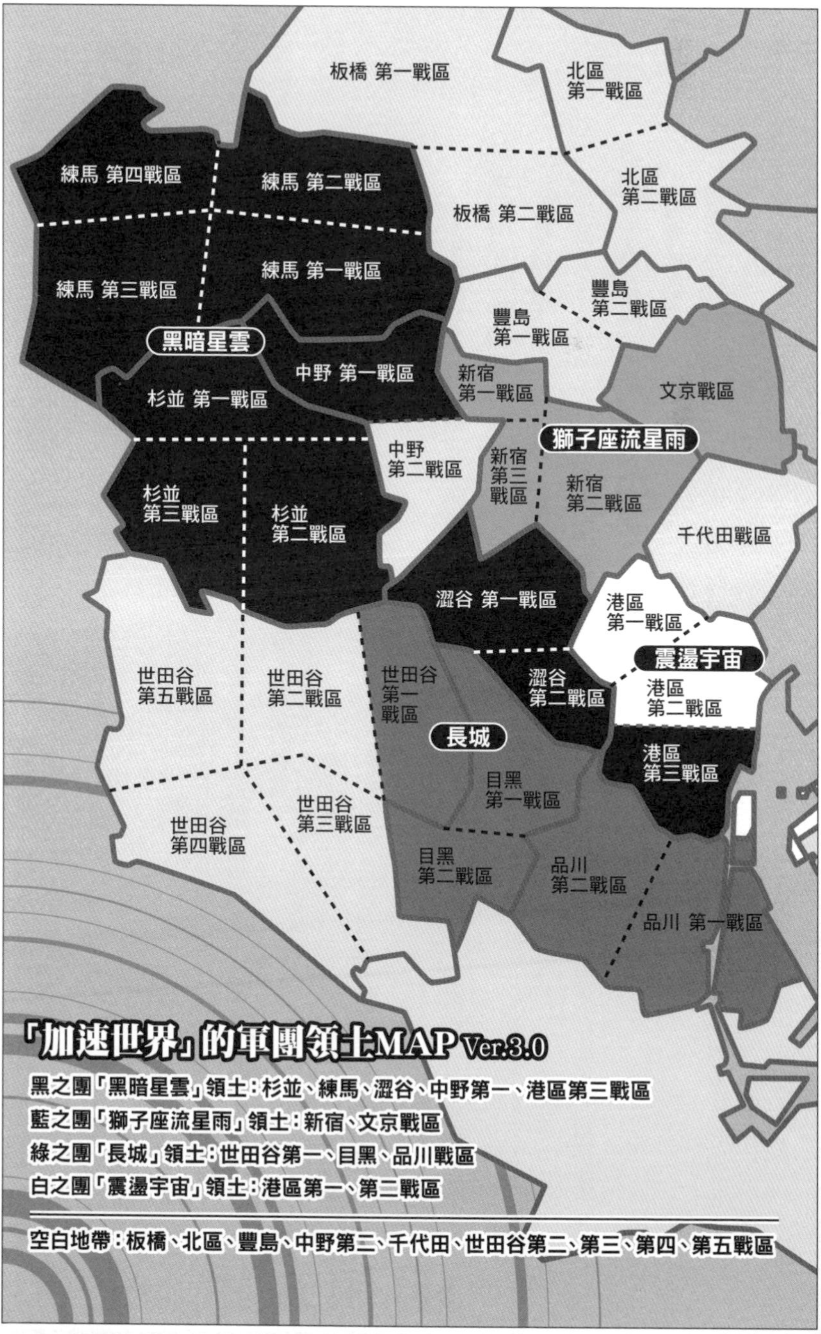

「加速世界」的軍團領土MAP Ver.3.0

黑之團「黑暗星雲」領土：杉並、練馬、澀谷、中野第一、港區第三戰區
藍之團「獅子座流星雨」領土：新宿、文京戰區
綠之團「長城」領土：世田谷第一、目黑、品川戰區
白之團「震盪宇宙」領土：港區第一、第二戰區

空白地帶：板橋、北區、豐島、中野第二、千代田、世田谷第二、第三、第四、第五戰區

1

「許久不曾再會，卻非得立刻道別不可，實在令人遺憾。再見了，我的朋友們。再見了，我心愛的下輩。你們直到最後，都好好盡到了你們的職責。」

展翅高飛在夜空的飛馬背上，白之王White Cosmos所說的這幾句話，聽起來十分淒切，彷彿真心在與眾人惜別。

Cosmos緩緩舉起了握在右手上的權杖——神器「The Luminary」。灑落在「月光」空間中的潔淨月光照在銀色的權杖上，反射出小小的光輝。

一秒鐘後，The Luminary彷彿要斬斷命運的絲線，流暢地揮下。

身高上百公尺的大巨人——超級公敵「末日神特斯卡特利波卡」睥睨伏在地上的超頻連線者們，左掌浮現出深紅色的同心圓。

攻擊的前兆。

這威力恐怕……不，是肯定遠遠超過以往自己曾在加速世界目睹過的任何攻擊。春雪有了這樣的確信。但他們無法閃避。因為特斯卡特利波卡右手掌上浮現的黑色同心圓發出了極強的重力波，正慢慢壓垮由六大軍團聯合組成的「印堤攻略部隊」全員。

春雪聽著自己的裝甲龜裂的聲響，意識投向前方數十公尺處。

被特斯卡特利波卡的紅色同心圓對準的，不只是春雪等人。鄰接禁城的北之丸公園，也就是原先有著日本武道館的地點，幾秒鐘前才剛出現的五名超頻連線者，也被納入了攻擊範圍。

紫之王「紫電后（Empress Voltage）」Purple Thorn。

黃之王「輻射幻惑（Radio Active Disturber）」Yellow Radio。

藍之王「劍聖（Vanquish）」Blue Knight。

綠之王「絕對防禦（Invulnerable）」Green Grandee。

以及黑之王「絕對切斷（World End）」Black Lotus。

五個王在白之團參謀Ivory Tower／Black Vise奮不顧身的「空投印堤」圈套下當場陣亡，在五大軍團的聯合印堤攻略部隊奮不顧身的奮戰下，成功復活。但這也都在White Cosmos的盤算之中。當春雪以「Omega流無遺劍」劈開印堤，從中出現了特斯卡特利波卡，而這時白之王突然出現，以The Luminary的能力「王權神授（Divine Right）」加以支配。

諸王收到團員們告知「討伐印堤成功」的速報，相信所有危險已經解除，於是潛行到無限制中立空間。相信對他們而言，眼前的事態是完全無法預料到的。但既然是身經百戰的

9級玩家，相信應該能夠在短短〇．五秒內掌握狀況，做出因應措施。

但五個王密集站在武道館遺址所在的大圓坑正中央，一動也不動。

因為他們動彈不得。將攻略部隊九十六人按在地面上的絕對壓力——特斯卡特利波卡的重力波，將諸王也一起壓制住了。仔細一看，可以看到五人腳下都出現了黑色圓圈。儘管身體被壓得趴在地上而看不見，但相信春雪身體下方也有著同樣的圓圈。

該說真不愧是純色之王嗎？他們處在這種超規格的壓力下，仍能挺立不屈，但就連力量型的Blue Knight與Green Grandee，似乎也只能做到這樣。巨人發出的重低音中，還摻雜著諸王的關節被擠壓，裝甲出現裂痕的聲響。

特斯卡特利波卡以右手癱瘓了總計一百零一名超頻連線者的同時，左手上發出紅色光芒的圓圈也一個又一個地增加。右手的黑色同心圓是五圈，但左手的紅色同心圓已經多達七圈，卻還在繼續蓄力，這個跡象有意義，還是沒有意義？無論如何，當他左手的攻擊發動，無論五個王還是春雪等人，都將當場被瞬殺。不，紅之王Scarlet Rain也參加了攻略部隊，所以一共有六個王。好不容易在這場敢死作戰中，達成了破壞太陽神印堤的任務，但White Cosmos以外的王，以及六大軍團的核心成員，全都將再度陷入無限ＥＫ狀態。

「不可以……絕對，不可以……！」

春雪身邊右側，傳來細小的悲痛呼聲。

是黑暗星雲的副團長Sky Raker。她雙手抓住輪椅的車輪，拚命想抬起上身，但細緻的銀輪承受不住重量，悽慘地被擠壓變形。

聽見車輪輻條折斷的尖銳聲響這一瞬間，春雪猜到了Raker在擔憂什麼。

不是擔憂六個王再度陷入無限EK狀態。

現在，末日神特斯卡特利波卡處於白之王White Cosmos的支配之下。既然如此，特斯卡特利波卡的戰果，很可能會直接計為白之王的戰果。春雪等人即使被殺死一次，也只會被奪走少許超頻點數，但仁子和黑雪公主等諸王就不一樣。凡是9級玩家，都受到加速世界最殘酷的規則束縛。一戰定生死規則——一旦在同為9級玩家之間的戰鬥中被打倒，就會當場失去所有點數，導致BRAIN BURST程式遭到反安裝。

也就是說，如果幾秒鐘後，特斯卡特利波卡使出攻擊，那麼Blue Knight、Purple Thorn、Yellow Radio、Green Grandee，以及黑雪公主與仁子，都將不再是超頻連線者。他們在加速世界的記憶、累積至今的情誼，甚至連作為自己半身的對戰虛擬角色，都將失去。

「不行……不可以！」

春雪也從鏡面護目鏡下，擠出龜裂的喊聲。

不行，不要，別這樣。他抬頭看著待在高空的White Cosmos，拚命在心中祈禱。但白之王揮下的The Luminary一動也不動，持續對準圓坑底部。她是要讓以前——在加速世界的黎明期並肩作戰的諸王，以及自己的「下輩」黑雪公主點數全失，但超然的氣場毫無動搖。

沒錯……這多半正是白之王的圖謀。

當她乘著「七矮星（Seven Dwarfs）」中位列第一的Platinum Cavalier所駕的飛馬現身時，就說過「這樣一來，需要的牌都齊了」。這指的也就是末日神特斯卡特利波卡，以及六個王。

仔細想想，以前她也曾有機會讓諸王點數全失。執行「空投印堤」作戰時，如果不是把The Luminary交給Black Vise，而是由她自己持有，應該就能把仁子以外的五個王，都以一戰定生死規則處理，而非只能製造無限ＥＫ。她之所以不這麼做，是為了讓只靠白之團不可能達成的破壞印堤這個工作，交給六大軍團聯軍去達成。同時也是為了支配從印堤內部出現的第二型態——特斯卡特利波卡，然後再讓五個王點數全失。

透過這樣的方式，White Cosmos就能達成如今已被視為不可能任務的「打倒五名除了自己以外的９級玩家」這個條件，升上前所未有的10級。

但就連這個目標，對她而言也並非最終的終點。

特斯卡特利波卡是公敵的頂點，10級是超頻連線者的頂點，災禍之鎧MarkⅢ負面心念的精髓。她湊齊了這足足三種加速世界中最極致的力量，想達成某個目的。達成Rose Milady所說的「白之團的大義」。

無論那是什麼，都不能讓她稱心如意。要建立在黑雪公主、仁子與其他諸王的犧牲之上的大義，他絕對無法認同。

在加速到連大腦——不，是連量子思考迴路都要燒燬的知覺中，紅色同心圓又增加了一圈，變成八圈。一種沒有理由的直覺告訴春雪，再多一個圈就會結束。

向身為最強守護者的神獸(Legendry)級公敵——大天使梅丹佐求救？這個想法從腦海中掠過。現在她為了修復受傷的身體，在位於東京鐵塔遺址頂端的「楓風庵」進入完全自閉模式。只要春雪透過連結呼喚，應該能夠叫醒她，但這會迫使她在並非萬全的狀態下，和比她高階的超級公敵對峙，而且更重要的是，就算梅丹佐再怎麼神通廣大，也不可能在短短幾秒鐘內，從離了足足有四公里遠的東京鐵塔遺址來到這裡。他不能依靠別人，必須自己想辦法。

這個時候——

要是這個時候不挺身而出，春雪成為超頻連線者，升上6級，以及至今面對的許多考驗，全都將失去意義。

「喔……啊……啊啊啊啊啊啊啊啊！」

春雪大喊一聲。

然而，被重力波壓制住的虛擬身體一動也不動。無法起身，無法張開背上的翅膀，甚至要將右手朝向特斯卡特利波卡都辦不到。連心念系統都已經用上了，無形的枷鎖仍然沒有絲毫鬆開。

如果這個深沉血色的大巨人，真的就如白之王所說，分類在超級公敵，那就是加速世界的絕對者。和先前讓「矛盾存在（Anomaly）」Graphite Edge說出「不超越系統的極限就打不倒」的四神同等——又或者是超乎其上的超存在（Super Being）。

系統的……極限。

這個念頭，喚醒了春雪記憶中一個小小的聲音。

——既然我們所看到的光景是系統創造出來的，這當中就會有介入的餘地。

說出這句話的，是指導春雪劍術的師範——「劍鬼（Rushless）」Centaurea Sentry。在她的玩家住宅「櫻夢亭」開始修行的那天，Sentry示範了Omega流的奧義。她從與她對峙的春雪視野中溶解似的消失，切斷了Silver Crow的肩部裝甲。春雪甚至直到裝甲的斷片落地，才知道自己中刀了。

Sentry對驚愕的春雪說明發生了什麼事。

——BB系統在戰鬥時，會預測下一瞬間的未來，將這影像放給我們看。這種未來預測有著驚人的精準度，基本上不會有錯。因為系統是根據我們的意思……也就是根據想像控制體系傳遞的訊號，來進行預測。

——這件事的關鍵，在於只要理解未來預測的機制，也就有可能意圖讓系統的預測產生偏差。

Sentry說這些話，談的是BB系統讓春雪他們視野中顯示出的影像，但控制公敵的，也是BB系統。會以驚人的速度對超頻連線者的攻擊做出反應的高階公敵，不可能沒用上這種未來預測功能。

特斯卡特利波卡一個也不漏地鎖定了一百零一個超頻連線者。他右手的重力波不只是範圍攻擊，而是針對目標一一個別鎖定，這點只要看著所有人虛擬身體下方出現的黑色圓圈，就可以理解。

只要能夠有短短一瞬間，從巨人的鎖定中消失就好。不是用力量掙脫，而是讓未來預測系統出錯，讓系統認知成春雪不在那兒——

即使在櫻夢亭修行長達四個月，春雪仍然未能學會Omega流的奧義。但Sentry示範給他看的本領，以及告訴他的一字一句，他都已經深深烙印在腦海中。

——連不動都不想，讓心完全變成無。消除自己，與世界合而為一……這就是Omega流奧義「合」的真諦。

處在這個狀況下……處在這種再過幾秒鐘，一切的結束就要來臨的絕對危機當中，連無意識都要消除，這種事情真的辦得到嗎？明明春雪最不拿手的，就是控制自己的精神。

成為超頻連線者都已經九個月了，但領土戰爭是不用說，就連正規對戰開打前，都會緊張得像是心臟要從嘴裡跳出來，而且和第一次見面的超頻連線者說話時，也會難看地口吃。Rose

Milady也就是越賀蓉，將春雪評為「如今加速世界已經無人不曉的頂尖玩家」，但他完全不是這麼了不起的人物。只是幸運遇到許多好老師、朋友，以及好敵手，才得以存活到今天，如果只有自己一個人戰鬥，想必轉眼間就已經點數全失……

可是，即使是如此。

處在仁子與黑雪公主的「死」已經近在眼前的狀況下，拿自己的軟弱當藉口而放棄，這種事情是絕對，絕對，絕對無法容許的。

要思考。哪怕加速到極限的靈魂燃燒殆盡。

Centaurea Sentry說過，Omega流奧義的「合」，和心念一樣會用到想像控制體系，但用法卻和心念相反。要將從量子迴路輸出的想像完全消除，化為世界的一部分。

同樣的運作邏輯，第二代紅之王Scarlet Rain也就是仁子，就曾經教過他。「零化現象（Zero Fill）」——當超頻連線者陷入強烈的絕望或無力感，就會受到負面心念影響，讓傳往對戰虛擬角色的指令消失，變得無法動彈。春雪以前就曾在與「掠奪者」Dusk Taker的戰鬥中喪失鬥志，險些零化。

然而，「合」與「零化現象」是似是而非的兩件事。因零化而歸零的，終究是用來控制虛擬角色的動作指令，而量子迴路——也就是靈魂，則輸出大量的負面心念。要達到「合」的境界，就非得完全消除傳到想像控制體系的訊號不可。不是正向心念，也不是負向心念，可說是一種無的心念。

要怎樣才能辦到這種事？關鍵多半就在於Sentry說明過的「與世界合而為一」這句話。透過將意識拓展到廣大無邊的整個加速世界，將想像無限稀釋。也就是要去想像無限。

以往的這些日子以來，春雪的活動範圍極為有限，基本上只涵蓋從東京都都心當中，從杉並區到千代田區的這一帶。要想像從北海道跨足到沖繩的整個加速世界，照常理來推想，是不可能辦到的。

但春雪過去曾看過幾次加速世界的全貌。不是在正規對戰空間（Low Level），也不是無限制中立空間（Mean Level），而是從Highest Level。在那無數節點有如天河般閃閃發光的資訊空間裡，不只存在著春雪等人活動的BRAIN BURST 2039，已經關閉的「試作第1號」《Accel Assault 2038》，以及「試作第3號」《Cosmos Corrupt 2040》的空間，也都重疊存在。那就是加速世界的一切。

要想像。想像無限寬廣的三重世界。只要短短一瞬間就好……要從心中除去所有的擔憂、焦躁與恐懼，與世界融合為一。但不可以去到Highest Level，不是要將意識集中在極小的一個點來突破世界的障壁，而是要擴散到遙遠的彼岸，讓意識從系統中消失。

從ＢＢ世界最北端的節點，到最南端的節點……然後從覆蓋在頭上的ＡＡ世界，到腳下展開的ＣＣ世界……

——想像。

——「合」。

春雪知覺到，整個視野就像起了漣漪似的搖曳。這些漣漪吞沒了Silver Crow的虛擬身體，將之分解為細小的粒子，融入空氣與地面。當然這並非實際發生的現象。是春雪……以及BB系統這樣感受到。

世界的形體不是透過視覺，而是傳進腦，不，是傳進靈魂。就在不遠處的禁城與霞關的官廳街、新宿與澀谷的高樓街，從東京都二十三區到整個關東平原，本州、北海道、四國與九州……甚至遍及了與BB世界重合的兩個加速世界…………不，這是…………？

這時，擴散的意識急速被拉回，虛擬身體也恢復原狀。

現象所發生的時間，多半連一秒的一半再一半都不到吧。但這樣就夠了。特斯卡特利波卡的重力波攻擊，有那麼短短一瞬間跟丟了目標，施加在春雪全身的壓力減輕了。還不到站得起來的程度——然而，如果只是動一隻手……

春雪舉起裝甲龜裂的右手，儘可能往後收。將光的想像，送到伸得筆直的五指前端。

Silver Crow的遠程攻擊中，有著最長射程的是心念「雷射標槍（Laser Javelin）」，但發射動作需要用到雙手，所以現在無法施展，而且命中精度也不高。射程次之的「雷射長槍（Laser Lance）」可以達到約三十公尺的長度，但特斯卡特利波卡的臉孔位於一百公尺上空，發出重力波的右手也在五十公尺上空。

更根本的問題是，即使攻擊打到，對超級公敵而言多半也只像是一陣微風吹過。他必須在此時此地，創出至少能微幅影響當下狀況的全新招式。

包括最先學會的「雷射劍（Laser Sword）」在內，春雪的攻擊型心念全都屬於加強射程的類型。透過堅定地想像自己的右手有著光劍或光長槍，引發「覆寫現象（Overwrite）」，對空手碰不到的目標施加傷害。明明是遠程攻擊，但用上的想像不是槍砲而是刀劍，多半是因為Silver Crow是只專精往一個項目發展的對戰虛擬角色。

在與Dusk Taker的決戰前，春雪與拓武找仁子指導他們心念系統。她在實際示範過加強射程的心念「輻射連拳（Radiant Burst）」與加強移動能力的心念「焰膜現象（Pyro Planing）」之後，說過這樣一番話。

——Scarlet Rain的遠攻火力其實就跟刺蝟的刺一樣，躲在裡面的我自己，只是個軟弱無力的小鬼頭……所以我沒有辦法透過心念來強化這個虛擬角色本體的攻擊力跟防禦力。Crow、Pile，你們懂了嗎？這就是心念系統絕對跨越不了的極限。

春雪自己認為，他的虛擬角色Silver Crow，是將「想去到這裡以外的其他地方」這種精神創傷體現出來的模樣。由於幾乎所有潛能都灌注在飛行能力，才誕生出這個除了拳腳以外別無其他武器的純速度型角色，在四種基本心念當中，只能學會強化射程和強化移動能力這兩種——也就是無法實現（Incarnation）強化攻擊力或防禦力的能力。過去他一直這麼認定。

然而，真的是這樣嗎？

根據加速研究社的主要成員Argon Array的「心傷殼理論」，若一個玩家作為虛擬角色模子的精神創傷，被連自己都看不穿的厚實硬殼包住，就會創造出金屬色的虛擬角色。他不打算把Argon的說法照單全收，但若這個理論正確，那就表示連春雪自己也不知道Silver Crow的金屬裝甲裡頭究竟有著什麼事物。

如果——

如果這個虛擬身體當中，有著想逃避以外的心意。

春雪的「上輩」，也是他獻上劍的對象——黑雪公主，在一個月前為他解釋心念第二階段時，說過這樣一番話。

——要產生「正向心念」，就無論如何都必須經過「扭轉精神創傷」的過程。對於在加速世界裡淬練成對戰虛擬角色形態的精神創傷，必須在現實世界裡去正視並接受，把它昇華成希望的意念……這並不容易。但是你應該辦得到。能獨力發現「心念」是怎麼回事的你，一定辦得到的。

聽完這番話，春雪鼓舞自己做出回答。

——我會努力。努力找出我的「希望意念」。

之後進行的禁城逃脫作戰中，春雪為了甩開四神朱雀的窮追猛打，扭轉了精神創傷，創造出第二階段心念「光速翼（Light Speed）」。

然而，如果Silver Crow當中，從一開始就有著傷痛以外的事物……有著不需要扭轉的「希望」——

金屬色虛擬角色的裝甲是精神的外殼，用來保護自己免於受到痛苦得無法直視的事物所傷害……Argon的這個主張多半不會完全錯誤。然而，真的只是這樣嗎？伴隨比綠色系虛擬角色還高的防禦力誕生，就只是為了保護自己一個人嗎？

金屬色角色Chrome Falcon，身為「最初的百人(Originator)」之一，後來成了初代Chrome Disaster。他隨時都只想著如何保護搭檔Saffron Blossom。當Falcon入侵前人足跡未至的禁城，面臨只能從最強武器——長劍「The Infinity」與最強護具——全身鎧「The Destiny」當中選擇一者的狀況，他選擇的並不是用來讓自己更強的劍，而是能夠彌補Saffron防禦力不足之弱點的鎧甲。他之所以會墮入心念的黑暗面，也是因為在加速研究社的奸計下，眼睜睜看著Saffron點數全失。Chrome Falcon的黑銀裝甲當中，確實有著想保護重要對象的心意。

春雪心中也有著一樣的心意。不，也不知道是什麼時候開始，比起保護自己，他變得更想保護同伴——不只是黑雪公主與黑暗星雲的團員，也想保護成了朋友的許多超頻連線者，這樣的心意變得愈來愈強。

當然，這些軍團團員和對手，幾乎個個都比春雪要強。事實上，受到他們保護的場面，大概也遠比保護他們要多。可是，即使如此，現在他盼望的就只有保護大家。黑雪公主和仁子是不用說，其他諸王，以及這些日子以來和他較勁過的其他軍團團員……眼看就要被特斯卡特利波卡所殺的一百人，他全都想保護。

春雪感受到虛擬身體中充滿了熱流。不是幾乎要把自己燒焦的憤怒之火，而是一種靜謐的，純粹的光的能量。春雪感受到，這股力量不是新生成的，而是一直存在於自己內心深處。沒錯……Silver Crow從誕生時，就在堅硬的裝甲中宿有光明。起始必殺技「頭錘（Headbutt）」會附加光屬性傷害，就是最好的證據。

——我心中的光……為我，保護大家……！

春雪以幾乎撕裂靈魂的力度期盼，同時把所有的光都聚集在舉起的右手，送上想像，釋放出去。

「——『光殼屏障（Light Shell）』！」

到了這個時間點，以「合」奧義對系統造成的欺瞞已經完全消失，特斯卡特利波卡的重力波攻擊，眼看就要籠罩住春雪。

然而，從Silver Crow的右手無聲無息擴大的球形光體，把足以扭曲空間的超重力推了回去。發出純白光芒的光殼，薄得可以看見外界的景象，卻連受到擠壓的跡象都沒有，不斷擴大。半球體的直徑超過十公尺，二十公尺，漸漸接近被定在武道館遺址大圓坑正中央的五個

王。

還差一點……就差一點，春雪的光就要傳到黑雪公主身上。

「給……我……送到啊啊啊……」

伸到極限的右手，以及更前方Black Lotus的身影，都失去焦點變得模糊。腦，不，是思考用量子迴路承受的負荷過重，差點停機。然而他不能在這時候停下心念。必須在特斯卡特利波卡發動左手攻擊前，截斷定住諸王的重力，製造機會讓他們脫身才行。如果做不到這點，「合」與「光殼屏障」都將功虧一簣。

模糊的視野漸漸轉黑，所有知覺漸漸遠去。但春雪仍持續全力擠出心念。還差一點……還差三……不，兩公尺……

但就在這時，Silver Crow右手上的過剩光(Overray)不規則地閃爍，消失。

同時光之殼也像極薄的玻璃一般當場粉碎，化為無數的微粒子飛散。

特斯卡特利波卡左手浮現的深紅色同心圓，達到了九重。

圓從外側開始，逐一發出發出耀眼的光芒。規模無與倫比的能量突然拉高密度，撼動了世界。末日之刻就要來臨——

這個時候……

春雪的左右與身後，發出了五顏六色的光輝。藍色、紅色、黃色、綠色、紫色的特效光

——又或者是過剩光。

不是白費工夫。春雪創造出光殼的時間，只有短短一秒鐘左右，但同伴們並未讓這一秒鐘白費。在一度被推開的重力波即將再度湧向他們之前，無數招式名稱高聲喊了出來。

「『雷霆快槍（Lightning Cyan Spike）』！」

「『燃燒音符（Searing Note）』！」

「『檸烯溶劑（Limonene Solvent）』！」

「『冰素猛擊（Icilin Strike）』！」

「『蓄力藤蔓（Charged Vine）』！」

「『爆推拳（Rocket Straight）』！」

「『大屠殺加農砲彈（Carnage Canon Ball）』！」

「『超光箭（Superluminal Stroke）』！」

「『無遠弗屆（Rangeless Sigdeon）』！」

「『螺穿流（Spiral）』！」

「『炸裂風彈（Wind Bullet）』！」

「『輻射連拳（Radiant Burst）』！」

「『天叢雲（Heavenly Stratus）』！」

春雪勉強聽得出的只有這些，但除此之外，還有將近五十個喊聲同時爆發。大量的遠程必殺技或心念從地上發出，化為七色的彩虹，朝夜空直竄而上。

令人瞠目結舌的，並不是眾人在重力波消失的瞬間就進行攻擊的反應速度。

而是這群六大軍團的主力超頻連線者，所有人都不約而同瞄準了同一個目標。不是瞄準特斯卡特利波卡的右手、左手或臉孔，而是瞄準了位於巨人頭部後方一小段距離外，懸停的飛馬背上的白之王White Cosmos。

從那太過嬌弱的外型看上去，就算是9級，Cosmos的防禦力也絕對不會太高。若是多達五十發必殺技與心念同時命中，她絕對不可能承受得住。彷彿要證明這點，坐在Cosmos身後握著飛馬韁繩的Platinum Cavalier，左手伸向了掛在背上的鳶形盾。但時機上不可能來得及，而且這樣的攻擊也不是一面盾牌就擋得住的。

White Cosmos大概也做出了同樣的判斷吧。她將原本往下揮到底的神器The Luminary快速往上一翻。

特斯卡特利波卡彷彿呼應她的這個動作，以這種巨大的身軀不應有的速度，將正要發出末日一擊的左手往上抬。用巨大的手掌，擋下了由無數遠程攻擊組成的七色彩虹。

閃光。

一瞬間後，規模驚人的爆炸，將夜空染成紅色。

似乎不只是超頻連線者們的必殺技與心念的威力，而是連特斯卡特利波卡左手所蓄積的龐大能量都跟著爆炸了。比光慢了一步傳來的衝擊波，劇烈撼動整個空間的地面，讓仍倒在地上的春雪裝甲受到劇烈擠壓。

特斯卡特利波卡巨大的身軀猛然歪斜，春雪反射性地就要喊出「要倒下了！」，但公敵右手往旁一伸，右腳後退一步，站穩了腳步。即使想看清楚造成了多少傷害，體力計量表也只小小顯示在位於一百公尺高的頭部上方，從地上看去，連計量表有幾段都看不見。

雖然未能讓公敵倒地，但巨人動了右手，讓本來要再度發出的重力波也跟著消失。儘管想著得善用這個機會才行，但把想像催升到極限的反作用尚未散去，腦子還無法正常運作。

突然有人一把拉起了春雪。

「Crow，之後就交給我們！」

喊話的是拓武。他以健壯的左手牢牢抱住春雪，高高舉起右手的打樁機（Pile Driver）。其他超頻連線者也不等人指揮，一齊開始行動。

擁有遠程攻擊的五十幾人組成陣形，準備進行下一波齊射。剩下的近戰型則分為左右兩路，來到前方。他們的默契非常完美，但現在有別的事更優先。站在武道館遺址所在大圓坑正中央的五個王，大概是因為在極近距離一直承受重力波，連綠之王的裝甲都嚴重破損，似乎無法立刻行動。

「……得去保護……學姊他們！」

春雪擠出沙啞的聲音，正要朝前方的大圓坑踏出一步時。

「兄長！」

遠程攻擊集團的中間，有人喊出這麼一聲。這酸酸甜甜的高音，大概是黃之團的Lemon Pierrette？

對這個喊聲做出反應的，是躲在五王最後面的黃之王Yellow Radio。

他將異樣細長的雙手攤到最開，右手抱住Blue Knight與Purple Thorn，左手抱住Green Grandee與Black Lotus。同時喊出招式名稱。

「『小丑的壓箱寶（Clown's Last Resort）』！」

Yellow Radio全身迸發出亮麗的黃光。這不是尋常的特效光，是心念的過剩光——

光芒瞬間轉變為毒豔的煙霧。砰的一聲響起，五個人的身影當場消失。

緊接著，春雪右前方，聯軍所在正中央，也冒起了黃色的煙霧。當煙霧被夜風吹散，就看到五個王站在那兒。

「……瞬間移動？」

妥物在春雪身邊，發出震驚的低呼。

也難怪他會大吃一驚。在對戰格鬥遊戲BRAIN BURST之中，瞬間移動是一種太過強大的能力，據春雪所知，Chrome Falcon的「閃身飛逝（Flash Blink）」就是唯一的瞬間移動招式，但那招實際上是把對戰虛擬角色化為粒子，來進行超高速直線移動，只能算是一種似是而非的瞬間移動能力。

即使如此，當春雪成了第六代Chrome Disaster時，就以閃身飛逝大顯身手。當時對付得了這招的，就只有加速研究社副社長Black Vise的必殺技「六面壓縮（Hexahedral Compression）」。這麼說也不太對，但他萬萬沒想到暗藏了這一手的人，竟然是純色之王當中不擅長直接戰鬥的程度僅次於白之王的黃之王。

從大圓坑中央到諸王出現的地點，離了將近五十公尺。如果能夠進行這麼長距離的瞬間移動，那麼無論當初太陽神印堤被空投下來時，還是Black Vise的封鎖型心念「二十面絕界（Icosahedral Insulation）」被印堤破壞的瞬間，不都可以脫身嗎——

這樣的疑問在意識中掠過，但現在不是追究這些的時候。他們成功地把諸王納入眾人保護之下，但危機仍在進行。

春雪按捺住想跑向受傷的黑雪公主身邊的衝動，仰望夜空。

特斯卡特利波卡巨大的身軀仍然傾斜不動。這時爆炸的餘光也總算散去，擋下了多重攻擊的左手從煙霧中出現。

巨人的這隻手幾乎消失，只剩拇指。這也就是說，這波攻擊當中有幾成的威力貫穿了手掌。既然如此，白之王也不會毫髮無傷。不，甚至有可能已經和Platinum Cavalier一起喪命。

春雪一邊這樣想著，一邊拚命凝視夜空。

緊接著，四周傳來一片低聲驚呼。

以純白的月亮為背景，浮現出一個籠罩著金色光芒的長五邊形。那是盾牌——是Platinum Cavalier的鳶形盾。但未免太大。不只是Cavalier與白之王，連飛馬都幾乎完全被盾牌遮住。

這時鳶形盾無聲無息地縮小，露出了飛馬與騎在馬背上的兩名超頻連線者。由於距離很遠，細部情形看不清楚，但看樣子並未受到重大損傷。

「……『害羞鬼（Bashful）』原來還暗藏了這麼一手？」

在春雪身邊左側喃喃說出這句話的，是藍之團的Mangan Blade。這也就表示，連應該和Platinum Cavalier打過幾次的她，也是第一次看到把那面盾牌巨大化的這招？

「可是，特斯卡特利波卡的左手已經擊破了。這樣一來，應該就施展不出殲滅攻擊了。」

站在Mangan身旁的Cobalt Blade這麼一回答，站在她們兩人身前的Ardor Maiden回頭說了一句話。

「就算只有右手的重力攻擊，仍然很有威脅性。我們得做好準備，以便一看到巨人又有要動用右手的跡象，就能立刻破壞。」

「也對……我們不能一再靠Crow保護啊。」

Mangan Blade點點頭，右手輕輕摸了摸春雪的背。春雪很想回答說「不管幾次我都會保護大家」，但全身已經完全乏力，連嘴都動不了。要不是有拓武攙扶，多半已經倒到地上去了。他不由自主地覺得實在不可能再次用出「光殼屏障」，隨後又說服自己說如果有必要，無論幾次他都會用。

這時，從四周的超頻連線者們之間竄過了一陣緊張。是特斯卡特利波卡開始動了。然而，巨人只是將傾斜的身體站直，放下被擊碎的左手，然後再度靜止不動。

飛在夜空中的Platinum Cavalier以及白之王，也一動都不動。在這個戰場上有動作的，就只有緩緩拍動翅膀的飛馬。

忽然間，聽見說話的聲音。

「……了不起。」

極盡無垢又清純甜美的嗓音。「剎那的永恆（Transient Eternity）」White Cosmos說話的聲音。

白之王說得像是由衷感嘆，雙手將神器The Luminary抱在胸前，繼續說道：

「以往無數身經百戰的強者，都完全無法抗拒特斯卡特利波卡的這『第五月（Toxcatl）』，你們竟然能夠破解，哪怕只有那麼一瞬間。」

聽到這句話，春雪產生強烈的突兀感。

特斯卡特利波卡，是從加速世界開天闢地以來，從不曾被打倒過的太陽神印堤裡頭出現。

也就是說，包括白之王在內，所有超頻連線者應該都是第一次遭遇到這個公敵。但聽她剛剛的說話口氣，豈不像是說以前就有一群高等級玩家和特斯卡特利波卡打過？

而且為什麼白之王會對末日神特斯卡特利波卡這個專有名詞，對這個公敵從招式名稱到效果都瞭如指掌？連同為Originator的藍之王與綠之王，甚至連四聖梅丹佐與天照，都不知道打倒了印堤，特斯卡特利波卡就會從中出現，白之王是從哪裡得到這個情報？

春雪被拓武攙扶著，腦子模模糊糊地轉著這些念頭，結果──

「妳這游刃有餘的口氣，現在聽起來可就像是虛張聲勢嘍，Cosmos。」

右側有人發出一個儘管顯露出疲憊，但仍充滿尖銳鬥志的說話聲。

黑之王Black Lotus──黑雪公主，舉起刀鋒有著少許缺損的右手劍，將劍尖穩穩指向白之王。

「不管這個大傢伙有多強，妳總不會認為同樣的招式能對我們管用第二次。只要把他的右手也破壞掉，封住重力波攻擊，之後就和尋常的獵公敵一樣。畢竟哪怕HP的絕對量再多，只要打得出傷害，就遠比印堤要好應付啊……即使得花很多時間，我們也一定會把他打倒，也不會讓妳和Cavalier給跑了！」

即使聽見既是「下輩」，也是親生妹妹的黑雪公主這番熾烈的話語──

白之王仍絲毫不亂，平靜地回答：

「像這樣太衝，就是妳的壞毛病，Lotus。特斯卡特利波卡可以說是印堤的所謂第二型態，妳真以為他有可能比印堤更容易駕馭？印堤只要一個The Luminary的荊冠就能馴服，但他可就得用上足足六個呢。」

的確，支配特斯卡特利波卡的荊冠，圈住了頭、雙手手腕、胸、腹、腰等六處。單純計算下來，他的馴服難度是印堤的六倍——但反過來說，也就表示只要能讓六個荊冠都命中，就連超級公敵都可以馴服。

一想到這裡，春雪感覺到腦幹濺出火花。幾分鐘前的疑問，再度從腦海中甦醒。

White Cosmos湊齊足足三種加速世界中最極致的力量，究竟是想完成什麼事情？

禁城。除此之外不作他想。打倒將四方門鎮守得萬夫莫開的四神，再剿滅禁城正殿地下的最強公敵八神，得到最終神器「The Fluctuaing Light」。這正是對所有超頻連線者來說，最終極的目標——

既然如此。

春雪右手放到拓武肩上，一邊凝聚微微恢復的氣力，撐起自己的身體，一邊以喊得出來的最大音量呼喊。

「白之王！」

遙遠的上空，Cosmos微微轉頭。有著不可思議色澤的鏡頭眼，目光射穿春雪。

春雪往幾乎忍不住發抖的雙腳灌注力道，從丹田擠出聲音。

「白之王，既然妳的力量對超級公敵都管用……只要在場的所有人同心協力，要支配禁城的四神應該也辦得到！用這個方法不行嗎！不要選擇這種沾滿鮮血的路，讓所有軍團合力挑戰最後的任務，這條路行不通嗎！」

白之王對黑雪公主而言，以及現在對春雪而言，都是最強大的敵人……明知這一點，但春雪就是沒辦法不把這個疑問說出來。

這嘶吼似的提問留下的漫長殘響都已經消散，但仍好一陣子沒有人出聲。

淡淡月光點綴下的寂靜，是被白之王耳語般的回應打破。

「真是不可思議。」

還來不及問她是什麼事情不可思議，她已經接著說下去。

「很久很久以前……在一個和這個世界完全不同的虛擬世界裡，也發生過類似的狀況。從許多世界聚集過來的一群玩家，就曾被迫選擇要合力追求破關，還是在受到背叛之前先殺了別人。那個場面下，也有像你這樣提倡理想的玩家呢，Silver Crow。對他的提議有共鳴的人，絕對不算少。可是啊，到頭來……」

白之王說到這裡，閉上嘴，搖了搖頭。

春雪感受到就在剎那之間，籠罩住純白虛擬角色的氣息變質了。從原本單純只是清澈的神聖氣場，轉變為讓一切靜止不動的絕對零度氣場。

「太遲了。一切都已經太遲了。」

光是聽見這凜冽的說話聲，就讓春雪覺得體內像是結了冰。緊貼在他身邊的拓武，虛擬身體也跟著僵硬。

超頻連線者們被震懾得僵住，而打破這種束縛的，是黑雪公主解放內心熱流似的咆哮。

「那麼，這裡就是妳的終點了！」

嗡一聲金屬震動聲響中，黑之王全身迸發出藍紫色的過剩光。其他諸王也各自發出不同顏色的鬥氣，這股熱氣迅速在周圍的超頻連線者們之間傳播開來。

——只有一戰了。為了結束悲劇的連鎖。

春雪也在心中有了這樣的念頭，握緊了左拳。儘管乏力感尚未消散，但剩下的力量應該還足以發出一次心念。

該做什麼他很清楚。成功破壞特斯卡特利波卡左手的現在，剩下的最大威脅，就是右手的重力波攻擊。當巨人現在垂向正下方的右手有了動作，露出手掌的瞬間，就要以全力施加多重攻擊。哪怕特斯卡特利波卡是印提的六倍強，既然能對他造成損傷，照理說就如黑雪公主所說，遲早總能打倒。

戰場上的空氣就像帶電似的微微顫動。彷彿在呼應這一百零一人的鬥氣，夜空中黑雲翻湧，就像生物似的起了波浪。

然而──白之王不動。

是在等我方的專注力維持不下去？然而在場的超頻連線者，幾乎都是精通心念系統的高階玩家。如果只是要維持想像，就像要撐個一兩小時，應該也辦得到。還可以趁雙方對峙不動的時候，讓負責傳令的人從傳送門脫身，去召集援軍。

而且，載著Cosmos與Cavalier的飛馬……這個公敵就能夠無限飛行嗎？Silver Crow的飛行能力，就需要消耗必殺技計量表，所以飛馬會有飛行時間的限制也不奇怪。一旦兩人落到地上，近戰型虛擬角色們也就能夠加入攻擊的行列。怎麼想都不覺得，單純拉長膠著狀態會對白之王有利。

就在春雪想到這裡時。

忽然間，他覺得腳下的地面微微震動。

是超頻連線者們的鬥氣，連空間都撼動了嗎──他一瞬間想到這個可能，但立刻覺得不是。聽得見有些巨大的東西在移動的轟然聲響。右邊、左邊、前方，後方，都有這樣沉重的聲響傳來。

這是……

「公敵……」

春雪喃喃說完，身旁的Mangan Blade發出緊繃的耳語聲。

「該死，我還以為在破壞印堤之後，都殲滅了那麼多公敵，所以暫時不會再湧現……看來是太天真了。」

心念會引來公敵。春雪也並未忘記這個常識。然而就如Mangan所說，當初為了擊破太陽神印堤時，動用心念引來了二十隻以上的大型公敵，但他們才剛用普通攻擊全數加以打倒。北之丸公園周邊的公敵，已經一隻不剩地加以驅除。本以為直到下次變遷都不會再復活，但似乎是破壞特斯卡特利波卡左手時的多重心念攻擊實在太強，把更遠方的公敵群都引來了。

照這樣下去，會有野獸級（Wild）和巨獸級（Beast）等大型公敵，從四面八方湧來，讓他們無法再專注於應付特斯卡特利波卡的右手。如果攻擊並未露出掌心的右手，又不確定能和左手一樣加以破壞。

「……被馴服的公敵，應該也會被這些公敵鎖定。」

指出這一點的，是位於春雪右後方的Sky Raker。她從半毀的輪椅上站起，舉起的雙手上有著綠色的鬥氣。黑雪公主將她評為「純粹正向心念的高手」，所以春雪本來推測她的心念是把重點放在「庇護風陣（Wind Veil）」與「漩渦風路（Swirl Sway）」等範圍防禦類的招式，但在先前破壞特斯卡特利波卡的左手時，她就使出了「炸裂風彈」這種威力強大的範圍攻擊心念。

第一象限的心念，也就是「以範圍為對象的正向力量」高手，要行使「以範圍為對象的負向力量」的第四象限心念，將會對精神造成莫大的負荷。謠身為專精正向心念的程度比起楓子有過之而無不及的淨化能力者，在施展將敵人沉入岩漿沼澤來燃燒殆盡的可怕心念時，就因為承受不住負荷而昏倒。但楓子卻以令人完全感受不到疲憊的堅毅嗓音說下去：

「而且高階的公敵，一開始會盯上的應該不是單純比較靠近的敵人，而是覺得有最大威脅的敵人。如果有幾隻巨獸級公敵朝向特斯卡特利波卡，白之王也無法無視。我們只能趁這個空檔，擊破他的右手。」

「好，就這麼辦。」

回答她的，是先前一直保持沉默的藍之王Blue Knight。他雙手重新握好七神器之一的大劍「The Impulse」，朝黑之王瞥了一眼。

「Lotus，同步攻擊的時機就由妳來指揮。Cosmos的動向，應該就屬妳能判斷得最準確吧。」

「……知道了。」

黑雪公主簡短地這麼回答後，綠之王微微舉起十字盾「The Strife」，紫之王垂直豎起錫杖「The Tempest」，黃之王轉起魔術師手杖（Magic Baton）「Rotary Rod」，紅之王拔出手槍「Peace Maker」。

空間的震動更加劇烈，已經達到可以稱之為地動山搖的程度。仔細一看，可以看見有許多巨大——儘管遠遠不及特斯卡特利波卡——的影子，沿著禁城護城河衝過來。

相信公敵當中，會有一半盯上他們。他們必須在因應這些公敵的攻擊之餘，做好隨時在黑雪公主的指揮下，對特斯卡特利波卡展開多重攻擊的準備。即使沒有人下令，近戰型與防禦型的虛擬角色們，也都慢慢移動到集團的外圍。

是六大軍團的超頻連線者，會先應付不了公敵群的攻擊，導致指揮系統大亂？還是白之王會先無法再忽視特斯卡特利波卡受到的傷害，企圖動用重力波攻擊？這將決定這場戰鬥——與白之團與加速研究社持續至今的漫長鬥爭，會有什麼樣的結局。

「小春，你自己站得穩了嗎？」

拓武在身旁以壓低到極限的聲音小聲問起，於是春雪微微點頭。

「可以，謝啦阿拓，我沒事了。」

「那我去支援防禦。畢竟這樣我大概比較派得上用場，而且計量表也用完了。」

的確，拓武在幾分鐘前的齊射中，施展了遠程必殺技「雷霆快槍」，但那招會劇烈耗用必殺技計量表，所以不能胡亂連發。另外，他的心念「蒼刃劍(Cyan Blade)」威力雖強，但完全屬於近戰招式，很遺憾的，打不到特斯卡特利波卡的手掌。

「……知道了。」

春雪點點頭，拓武就放開他，挺直了腰桿。他站穩差點要不穩的腳步，連劍帶鞘，解下了腰間的輝明劍(Lucid Blade)。

「這個借你。因為這場戰鬥裡，我不會再用到了。」

春雪將劍柄朝前遞出，拓武說了句「可是」，但隨即又住了口。相信他應該也了解到，只要合理推想，就會知道這才是最好的選擇。春雪肩負的職責，是以「雷射標槍」加入多重攻擊的行列，又或者是為防萬一，準備再度發動「光殼屏障」，劍不會再有機會出場。相對的，拓武若要參加防禦隊，就不能動用「蒼刃劍」。因為這也許會把難得攻向特斯卡特利波卡的公敵吸引過來。

「謝了。」

拓武簡短地回答，接過輝明劍，佩掛在右腰。這件武器對高大的Cyan Pile來說是嬌小了點，但憑拓武的本事，就算是右手打樁機配左手劍這種變相的二刀流，他應該也能夠駕馭。

春雪用力點點頭，目送拓武跑向集團外圍後，將意識集中在特斯卡特利波卡——以及上空的白之王身上。拓武他們一定會擊退公敵。春雪這樣相信，等待黑雪公主下令。

地鳴聲急速升高。殺來的公敵群，距離他們應該已經不到一百公尺。但白之王不動。她仍然將The Luminary抱在胸前，維持神祕的沉默。

湧來的公敵群一分為二。一群繼續衝向這群超頻連線者，另一群則朝特斯卡特利波卡腳下衝去。兩群公敵分別和防禦隊與特斯卡特利波卡接觸，巨大的衝擊撼動世界——

剎那間。

白之王以驚人的速度，將The Luminary往下一揮。

「預備！」

黑雪公主一邊將右手劍架在左手劍上，一邊呼喊。春雪也擺出同樣的架勢，將所有過剩光送到雙手上。

特斯卡特利波卡舉起右手，開始蓄積白之王稱之為「第五月」的重力波攻擊——本來應該是這樣。在黑色同心圓增加到五重之前，六個王與數十名超頻連線者，以多重遠程攻擊破壞右手。本來應該是這樣。

然而。

暗紅色的巨人不是在右手，當然也不是在左手，而是在胸口正中央，浮現出黃色的圓。緊接著，同色的圓圈，也出現在春雪腳下。

「鴉同學！」

「Crow！」

Sky Raker與Mangan Blade同時呼喊，分別從左右伸手來抓春雪的手臂。但這兩隻手只掠過了金屬裝甲。因為突然發生的引力，獨獨將春雪一人，以驚人的勢頭吸向空中。

「嗚啊……！」

春雪發出驚愕的呼聲之餘，試圖張開背上的翅膀。但就在他即將張開翅膀之際，一隻巨大的手掌——特斯卡特利波卡的右手——呼嘯生風地逼近，在空中一把抓住了他。

可怕的壓力。全身裝甲發出哀嚎，體力計量表被減損一大段。

春雪揮開全身被捏爛的恐懼，大聲呼喊：

「學姊！請連我一起轟了！」

即使春雪在這時戰死，也只會損失少許點數，一小時後就能復活。如果犧牲一個人，能夠破壞特斯卡特利波卡，完全划得來。黑雪公主應該也明白這點。

——然而。

春雪透過無形的連結，感受到黑雪公主有了那麼一瞬間的遲疑。

因此，下一個動作，也是白之王快了那麼一點。

The Luminary以快得目不暇給的速度揮下的同時，特斯卡特利波卡將抓住春雪的右手與遭到破壞的左手，舉到胸前交叉。還來不及思考這是什麼預備動作，只見巨人腳下的地面，出現了直徑怕不有十公尺以上的紅色同心圓。

闖進圓圈內的，只有七八隻巨獸級公敵，超頻連線者們則拉開了充分的距離。即使如此，春雪還是無法不喊出來。

「大家，趕快防禦！」

緊接著，特斯卡特利波卡的腳底噴出赤紅的火焰。理應有著大量體力計量表的大型公敵，轉眼間就全身起火，灑出各式各樣的哀嚎聲，紛紛炭化。

這範圍攻擊的威力是如此強大。如果圍在特斯卡特利波卡腳下的不是公敵，而是近戰型超頻連線者，相信不到一秒就會全軍覆沒。

——但春雪這個充滿戰慄的推測，錯了一半。

虛擬身體已經完全遭到固定，重力卻產生劇烈的變動。因為特斯卡特利波卡巨大的身軀眼看就要離地而起。從腳底噴出的火焰不是攻擊招式，而是用來讓這個身高達到一百公尺的超大型公敵起飛用的噴射——

忽然間，地鳴般的轟然巨響，撼動了春雪的耳膜。是火焰噴射的勢頭強了數倍。濃煙與熱浪在地面往外擴散，穿過大圓坑，吞沒了超頻連線者們。多道防禦招式的光亮起，但這些光也被黑煙遮住。

春雪只來得及看到這裡。

特斯卡特利波卡就像火箭似的猛然竄升，地面轉眼間愈離愈遠。轉頭一看，看見領頭馳騁在夜空中的飛馬。

白之王不是選擇決戰，而是選擇脫身。

但這是為什麼？既然特斯卡特利波卡有著只靠飛行剩餘能量，就足以當場燒死將近十隻巨獸級公敵的力量，那麼哪怕右手遭到破壞，應該也能夠擊潰這群超頻連線者吧。

——白之王為什麼不這麼做呢？還有，為什麼捉住我，不殺了我呢……

春雪想到這裡，這才總算察覺到自己處在什麼狀況下。

現在不是為了活著而鬆一口氣的時候了。一個弄不好，事情也可能演變得讓他覺得還不如乾脆死在北之丸公園。

因為春雪正被綁走。

他趕緊凝視遙遠下方的地面，但只看到月光空間裡特有的神殿風建築物綿延無盡，無法立刻看出是飛往哪個方向。然而，從地形往後流動的勢頭來判斷，至少知道速度相當快。如果就這樣直線飛行，相信不久就會離開東京了吧。

怎麼辦？全身被牢牢固定住，要逃脫是極其困難，而且也無法攻擊白之王。如果能像Argon Array那樣從眼睛射出雷射……春雪不由得想到這些無益的念頭，趕緊拚命重整思緒。

現在該做的事情，是掌握所在位置，精確地看出特斯卡特利波卡遲早將要降落的地點。應該辦得到的。因為從他當上超頻連線者後，就一直將東京近郊的地圖牢牢記在腦中。

春雪硬吞下恐懼，用睜大的雙眼瞪著眼底的空間。

2

結果——

春雪試圖詳細掌握飛行路線的努力，變得不太有意義。

超級公敵末日神特斯卡特利波卡，在載著白之王White Cosmos與護衛Platinum Cavalier的飛馬前導下，從北之丸公園往東，接著再往東南方飛行。飛越銀座、晴海、有明，到了東京灣後，漸漸降低高度——最終降落的地點，是位於過去稱為「中央防波堤填海造陸島」，現在稱為「令和島」的巨大人工島西南區，前年才剛開幕的大規模主題樂園「東京城堡樂園」。

春雪不曾來這裡玩過，但多次透過照片與影片，看過屹立於園區正中央的巨大西洋風城堡。當然這裡是加速世界，所以並不是維持現實世界原有的樣貌，但月光空間裡的建築物，本來就是異國神殿風造型，所以似乎沒有太大的改變。

特斯卡特利波卡一邊從雙腳腳底噴出深紅色的火焰，一邊直線下降，在一陣地鳴聲中，降落在城堡前面的廣場。城堡樂園的城堡——記得名稱是叫什麼「海姆韋爾特城」——最高的尖塔約有八十公尺高，而特斯卡特利波卡比這座尖塔還高了兩個頭。

春雪仍然被巨人的右手握住，把頭轉到最極限，結果看見晚了一步下降的飛馬，在海姆韋爾特城正前方突出的露臺上降落。

首先Platinum Cavalier下馬，恭恭敬敬地伸出右手，而白之王讓他的手牽起自己纖細的指尖，輕飄飄地下到地上。

春雪本來指望他們兩人就這麼進到室內，但事情當然不會如此發展。白之王將The Luminary輕輕一揮，特斯卡特利波卡就伸出本來按在胸前的右手，將春雪移動到露臺。

春雪並非沒想過，要在公敵的手掌張開的瞬間，以全速飛行逃走。然而沒有人能保證他跑得掉，而且如果白之王有這個意思，要當場讓春雪陷入無限ＥＫ狀態，也是辦得到的。當然東京城堡樂園是東京都心地帶最大規模的遊樂園，所以園區內應該會有傳送門存在，但他當然不可能有時間四處尋找。

因此春雪在特斯卡特利波卡的右手放鬆時，任由虛擬身體往下滑動。雙腳碰到了大理石地磚，但他沒能站穩腳步，就這麼雙腳一軟，坐倒在地。

Platinum Cavalier隔著非常有騎士風格，造型端正的頭盔，低頭看著癱坐在地的春雪。他用與春雪第一次遭遇時一模一樣，語尾帶著點慵懶餘韻的語氣說：

「你站不起來喔……？」

春雪完全不覺得回答「是」，他就會伸手來拉，所以生硬地搖了搖頭。

「不，我沒事。」

坦白說，在櫻夢亭修行長達四個月之後，立刻迎來對印堤以及對特斯卡特利波卡的戰鬥，所以切身感受到自己精疲力盡的程度是有史以來最嚴重的一次，但身為黑之團的一員，他不能讓對方看到自己沒出息的模樣。「我在小梅大腿上睡了足足一小時，所以還有力氣動！」他這麼說服自己，拚著一口氣站起來。

春雪儘管一瞬間腳步有些踉蹌，但仍盡力挺直腰桿，正視眼前的Cavalier，再看看他身後的White Cosmos，然後問起：

「……你們打算，拿我怎麼樣？」

回答他的不是騎士，而是穿著白色洋裝的聖女。

「呵呵，你比傳聞中更急性子呢。在這種狀況下急著要結論，萬一我說要讓你點數全失或對你洗腦，你是打算怎麼辦呢？」

「這……我是會跑啦……」

春雪也只能這麼回答，於是說出口，結果Cavalier用左手輕輕碰了碰劍柄。

「那……趁現在先砍掉翅膀吧……」

「咦咦！」

從語氣和態度，完全無法判斷他是真心還是嚇唬人。但所幸在他拔劍之前，白之王再度發言了。

「不用擔心，他不會跑的。因為在這裡，可以知道他好想好想知道的祕密。」

「祕……祕密？」

春雪複誦這句話，白之王微笑著對他點頭。

「是啊，你想知道震盪宇宙與加速研究社的目標究竟是什麼……知道連離開軍團的Rose Milady都不知道的，這個世界的真相。」

一聽見這句話。

由於眼前的兩人完全不表現出敵意——甚至連高等級玩家的資料壓都不表露出來，再加上連場大戰的疲勞，讓春雪的意識不由得有些遲緩。但現在他清楚自覺到，自己的意識變得像冰塊一樣冰冷。

眼前這個嬌小而優美的虛擬角色，幾乎讓人覺得只要輕輕一碰就會讓她的裝甲碎裂，卻為加速世界帶來了多得數不盡的悲劇。

她讓Saffron Blossom在無限ＥＫ中點數全失，製造出讓Chrome Falcon變成初代Disaster的導火線。

對既是「下輩」又是親生妹妹的黑雪公主，給予假的情報，誤導她以突襲的方式，讓上一代紅之王Red Rider點數全失。

將大量的ＩＳＳ套件散播到加速世界，讓多達數十名超頻連線者墮入心念的黑暗面。綁走第二代紅之王Scarlet Rain，奪走強化外裝「無敵號（Invincible）」，創生出災禍之鎧MarkⅡ。將Orchid Oracle也就是若宮惠當工具利用到底，還將她囚禁在無限制中立空間的東京中城大樓。

然後讓六大軍團的超頻連線者和太陽神印提戰鬥，並馴服出現的末日神特斯卡特利波卡，企圖一次讓六個王點數全失。

照理說，應該沒有理由能將如此殘忍、如此邪惡的行為正當化。春雪必須回答「我對這種事情沒有興趣」，立刻對他們兩人挑戰。哪怕會被打得毫無招架之力，哪怕會激怒白之王，陷入無限ＥＫ——

看到春雪默默用力握緊雙拳，White Cosmos再度露出淡淡的微笑，輕聲說道：

「要鬧脾氣，等聽我說完再鬧也不遲吧？」

「……妳要怎麼證明妳說的話是真的？妳要我怎麼相信連自己的『下輩』都用謊言操縱的妳？」

春雪以龜裂的聲音這麼一回答，Platinum Cavalier這次真的握住了劍柄。但白之王左手小小一揮，他就再度像雕像似的靜止不動。

White Cosmos把右手提著的The Luminary掛到腰間，在放置於露臺正中央的白皮長沙發坐下。她翹起修長的腿——這舉止與黑雪公主相似得令春雪吃驚——抬頭看著呆呆站在原地的春雪。

「呵呵……仔細想想，你就是我獨一無二的『孫輩』了呢。這在加速世界也不稀奇，但倒也讓人挺有些感慨。」

她說話聲調始終透明、柔軟而中立，春雪劇烈搖頭反駁。

「這不重要。黑之王已經沒把妳當成『上輩』，所以我和妳沒有任何瓜葛。」

「也是，這麼說也沒錯。」

Cosmos也不顯得不悅，很乾脆地點頭贊同，繼續說道：

「就算說是上下輩，複製安裝的BB程式當中，連單純的詮釋資料（Metadata）都並未包含進去，所以和現實世界的親子不同，完全不會繼承基因資訊。所以我也才會出於心血來潮，把她弄成超頻連線者就是了……」

「……心血來潮……？」

——加速世界的「上下輩」不是那麼馬虎的關係！

春雪拚命忍下想這麼喊回去的衝動。

無論是身為超頻連線者的價值觀、觀點，還是信條，這一切的一切，他與白之王的差異都太大了。這種隔絕太廣、太深，千言萬語也無從填補。

他轉而用壓低的聲音宣告：

「不管妳說什麼，我還是無法相信。而且，即使妳想說的『這個世界的真相』真的是真相……妳也沒有理由告訴我吧？」

「要這麼說的話，你不覺得我也沒有理由要帶你來這裡嗎？要知道如果我有這個意思，我可以把在場的所有超頻連線者都殺了。特斯卡特利波卡的左手被破壞，是讓我有些吃驚，但對那個怪物來說，這點小事根本算不上什麼傷害。」

「……妳騙人。」

春雪這麼喃喃說完，白之王就舉起右手，指向春雪正前方。

「你看。從這裡，就看得見特斯卡特利波卡的體力計量表吧。」

「…………」

春雪生硬地轉頭看去，血色巨人仍然在廣場正中央直立不動。即使站在露臺上，距離頭部仍有將近四十公尺，但勉強可以看見浮現在巨人頭上的體力計量表。一看到計量表的段數——

「嗚啊……」

春雪不由得發出沙啞的驚呼。

十段。

神獸級(Legend)公敵四聖——梅丹佐是四段。連超級公敵——四神朱雀與青龍也是五段，巨人卻有兩倍之多。

而且計量表只有第一段減損了少許……即使樂觀估計，也只減損了一成左右。六大軍團的精銳們，不只是必殺技，連心念都用上，造成的傷害竟然卻還不到十段計量表合計的百分之一。

春雪說不出話來，背後傳來白之王靜靜說話的聲音。

「你破解的右手『第五月』，以及從左手發出的『第九月』(Miccailhuitontli)，都只是全段計量表都還在時就能使用的基本攻擊。即使是這樣，都有那樣的威力了。根據我們的分析，特斯卡特利波卡的總戰鬥力，比四聖與四神全數合計還高。」

「…………」

覺得「不可能」的念頭，被直覺壓垮。平平板板，彷彿只是一根粗柱子的軀幹，伸出連關節都沒有的手腳，頭部也只是長橢圓體，造型比起四聖與四神是簡單到了極點，但也因此，更不容分說地令人感受到一種難以言喻的異物感——感受到巨人乃是超脫加速世界定律之物的恐懼。

然而，如果她說比四聖四神全部加給來還強的說法是真的，那就令人冒出一個疑問。

「……為什麼會有這樣的東西存在？所有玩家合力都絕對打不贏的怪物，在遊戲中根本不應該存在。」

春雪將僵硬的身體轉回來，這麼一問，白之王彷彿早已料到他會這麼問，輕輕聳了聳肩。

「所以才說是『末日神』。只為了封閉世界而存在的蹂躪者(Devastator)。Crow，你聽人說過加速世界是如何被創造出來的嗎？」

春雪暫且按下對白之王的敵意，述說起被刻在記憶深處的那個不可思議的故事。

「很久以前，某個虛擬世界裡，發生過像是戰爭的事……Graph兄說過，有兩股勢力，為了被關在這世界的Being而起了爭端。一方勢力試圖解放Being，另一方的勢力試圖加以破壞。戰爭進行到最後，兩名領袖同時抵達了那個世界的系統控制臺所在……領袖A試圖以管理員權限破壞Being，但這無法辦到，於是試圖永久封印，不讓任何人接觸。他在世界的中心創造出巨大要塞似的迷宮，把Being封印在最深處，然後讓八隻守護怪獸鎮守……還讓四隻守門怪獸鎮守迷宮本身。這個迷宮就是現在的禁城，鎮守的怪獸就是八神和四神……我是這麼聽說的。」

春雪閉上嘴，白之王就點點頭，然後輕聲說：「然後呢？」

「什麼然後……？」

「領袖不是有兩個嗎？你所說，不，是Graph所說的領袖B，做了什麼？」

「呃……」

春雪把在禁城裡聽到Graphite Edge所說的話，原原本本重複一遍。

「所以他決定把希望託付到未來。相信遲早有一天，會出現一群強大的戰士，強得足以打倒四隻守門怪物，入侵要塞，把八隻守護怪物也給打倒，將Being解放出來——Graph兄是這麼說的。」

「……原來如此。原來如此啊。」

看到白之王再度點頭，春雪忽然湧起一股不安，擔心自己是不是將這連白之王都不知道的超重要情報白白洩漏了出去……但白之王絲毫不改超然的氣派，反而回出春雪意想不到的話。

「不愧是比Originator還資深的玩家，知道相當多呢。」

「比Originator還資深……？」

春雪無法理解這句話的意思，忍不住盯著她純白的面罩凝視起來。

Originator是「最初的百人」的別稱。是直接由BRAIN BURST 2039的設計者，也就是先前提到的領袖B，直接給予BB程式的一百個小孩。照理來說，不可能有比他們更資深的玩家存在。

「請問這話是什麼意思……？」

白之王朝這麼反問的春雪臉上默默看了好一會兒，然後露出淡淡的笑容。

「這已經牽涉到相當核心的內容……繼續說下去真的好嗎？你不是不相信我說的話嗎？」

「啊…………」

春雪反射性地就想用雙手摀住自己的嘴，但勉強忍了下來。他回溯記憶，翻找為什麼會開始提到加速世界的事情，然後恍然想到，是因為自己對白之王所說的「末日神」這個字眼產生了好奇。

特斯卡特利波卡，強得足以完全毀掉BB2039的遊戲平衡。理由在於這個公敵就是為了封閉這個世界而存在的。White Cosmos的說明本身就有虛假之處的可能性非常高，然而……他就是想知道。想知道封閉世界這個不祥的說法意味著什麼。

「……我聽了再決定相不相信。」

春雪自覺到，到頭來自己還是完全被操弄在手掌心，但還是這麼回答。

結果White Cosmos默默動了動右手。她纖細的手指指向的，是白之王所坐的長沙發斜對面的一張單人用沙發。春雪正遲疑地心想Platinum Cavalier都在站著，自己可以坐下嗎，結果一直保持沉默的騎士出聲了。

「那麼我……牽『亞利昂（Arion）』回馬廄去……」

主子輕輕點頭，他就跨上在露臺角落待命的飛馬，飛向海姆韋爾特城後方。看來Cavalier幫馬取了名字……不，重要的不是這點，而是無限制中立空間的東京城堡樂園，似乎被白之團占領為據點。

拉回視線一看，白之王仍舉著右手，於是春雪走向了單人座沙發。為了能隨時起身，他只淺淺坐下，遲疑了好一會兒後問起：

「……妳的護衛不見了，這樣好嗎？我聽說妳在七王之中最不擅長接近戰，要是我出手攻擊，妳要怎麼辦啊……？」

「嗯……也對，如果你身上有劍，我也許多少會提防吧。可是我用心念扭斷你的手，會比你的空手攻擊更快打到。要扭頭也是可以啦。」

白之王若無其事地說完駭人的話，深深靠坐在沙發椅背上。頭上那造型單純卻又流麗的寶冠——神器The Luminary的本體——在月光照耀下，反射出閃閃冰冷的光輝。

輝明劍借給拓武後並未取回，所以春雪的腰間的確空無一物。但即使身上有劍，他也不覺得砍得到……甚至不覺得來得及出鞘。只用心念就扭斷手或脖子，這句話讓人有些難以置信，但他實在提不起想試試看的念頭。

「對……對不起。」

春雪先低頭道歉，然後再度問出剛才問到一半就中斷的問題。

「那……剛才說到，Graph兄是比Originator更資深的玩家……請問這是什麼意思？」

「嗯？噢……因為他是『同位體』。」

「啥……？同……同位體……？」

春雪聽不懂意思，張大了嘴，白之王朝他輕輕聳了聳肩膀。

「這件事重要嗎？你不是有更想知道的事情嗎？」

很重要——他是這麼想，但以優先順序來說，的確特斯卡特利波卡的存在理由更重要。

「那……就請談談『末日神』的事……」

春雪抬頭看著在視野右側的廣場上靜止不動的超巨大公敵，說出這句話。Cosmos微微點頭，放下翹起的右腳。她雙手交疊在極薄的裙型裝甲上，微微坐起上身看著春雪。

「——好，我就告訴你。」

她宣告的聲調，無論抑揚頓挫或高低都和先前毫無不同，卻讓人覺得溫度微微降低了些。

「剛才你所說的加速世界前史……被隱匿的戰爭，以及被封印的Being的故事，幾乎都是事實。未能解放Being的領袖B，將希望寄託在未來……這個說法沒有錯。可是，問題是後來……戰爭結束後經過漫長的時間，終於開始運作的三款試作遊戲，俘虜了許多小孩的心。Silver Crow，就像你熱愛BRAIN BURST 2039，先出的《Accel Assault 2038》與後出的《Cosmos Corrupt 2040》，也都有許多小孩熱愛這些遊戲世界，以及從中誕生的存在。」

聽到這兩個已經不存在的遊戲名稱從白之王的嘴說出的瞬間，春雪意識到過去的記憶再度被喚醒。

上個月月底，他們在梅鄉國中校慶當時斷然進行的五個任務——救出Aqua Current、攻略梅丹佐第一型態、破ＩＳＳ套件本體、救出被綁走的紅之王，以及擊破災禍之鎧MarkⅡ，這一連串漫長戰鬥進行到最後，白之王以觀戰用的替代用虛擬角色闖進黑暗星雲加速會議時，就說過這麼一番話。

說《Accel Assault 2038》與《Cosmos Corrupt 2040》這兩款遊戲的世界會被封閉，理由就在於兩個世界都太偏頗。說AA2038有著過剩的鬥爭，CC2040則充滿過剩的融合，因此才會滅亡……這番話的真意，春雪到現在都還無法理解。

「……妳在闖進梅鄉國中的校慶的時候就說過吧。說ＣＣ世界裡過剩的融合和過剩的協調，創造出來的不是加速而是停滯……說ＣＣ世界的時間停止了，所以才會滅亡。」

「虧你記得清楚。我的確就是這麼說過，而且這是真的。」

「Graph還警告過我，說妳的發言大部分都是為了操縱別人而說，所以不要當真。」

「哎呀，是嗎？」

春雪感受著白之王透出的苦笑氣氛，繼續說道：

「可是，至少ＡＡ和ＣＣ都已經不再營運，這是事實吧？妳剛才說的『問題』，就是這件事嗎？就是指和我們一樣愛著這兩個世界的孩子們，所有人的遊戲程式都遭到強制反安裝，失去了記憶……？」

「呵呵……」

White Cosmos莫名地微微一笑，緩緩搖了搖頭。在她一頭金色長髮上嬉戲的月光，往空中灑出純白的粒子。

「你的洞察力相當不錯，但很遺憾的，剛剛這個猜測就大錯特錯。強制反安裝與記憶消除處置，是對點數全失者最大限度的救濟……你試著想像看看。假設你被趕出這個世界，記憶和BB程式都還留著，但你再也無法加速和對戰……這種滋味你應該不想領教吧？」

春雪反射性地差點就要答出「對」，但咬緊牙關忍了下來。

如果只想到自己，那麼記憶和程式一起全部消失，或許比較輕鬆。但那個時候，就會連和自己並肩作戰至今的同伴們，也都忘得一乾二淨。一想像到黑雪公主、拓武、千百合、楓子、晶、謠、仁子與Pard小姐、綸與志帆子她們……以及梅丹佐，會有什麼樣的感受，他就沒有辦法貿然點頭。

看到春雪僵住不動，Cosmos再度透出淡淡的笑容。

「我這個問題問得有點壞心眼了呢。我不會連你這樣的迷惘都否定……可是，如果能夠自己選擇，我確定幾乎所有點數全失的人，都會希望記憶被消除。因為這樣一來，連化為對戰虛擬角色模子的精神創傷，都可以隨著加速世界的記憶一起消失。」

「…………」

春雪腦海中，浮現出失去了BB程式的Dusk Taker／能美征二那豁達的笑容。本來受到無底的仇恨與支配欲驅使的他，聽說現在就像擺脫了附身的惡靈，拚命念書與參加社團活動。

身為「掠奪者」時的能美，怎麼看都不覺得比現在的能美更幸福。然而，透過某種手段，從點數全失狀態復活的Centaurea Sentry，就對春雪這麼說過。

「……從我不再是超頻連線者後，就一直懷抱著某種空洞在生活。『想要想起卻一直想不起』……我心中始終有著這種說什麼也填補不了的空白。」

白之王知道折磨點數全失者的這種感覺嗎？明明知道，卻還斷定消除記憶完全是一種救濟嗎？

春雪深深吸氣，吐氣，然後問起：

「既然這樣……既然這樣，妳為什麼會被稱為什麼『死靈術師』？為什麼要把照妳的基準是得救的人……把Dusk Taker、Red Rider，連你們團員Orchid Oracle，都叫回加速世界，又帶給他們痛苦？」

春雪問這個問題是有心理準備的。一個弄不好，這可能會激怒白之王，導致她停止對話，又或者會以心念攻擊他。但Cosmos絲毫不改變表情——只是話說回來，春雪從一開始就完全看不穿她內心所想——只是把頭微微往左一歪。

「首先我要訂正你的誤會……『死靈術師』這個綽號，由來是我的必殺技『垂憐復生』(Resurect By Compassion)。那只是縮短在無限制中立空間死去的虛擬角色等待復活的時間，對點數全失的超頻連線者，當然沒有效果。」

「可……可是，妳的部下Argon Array，在召喚Dusk Taker前就說過。說白之王的『還魂』不是那麼簡單的，真不知道是跟什麼魔鬼訂了契約，才能施展那樣的力量……這樣的話……」

「哎呀。」

Cosmos聽了春雪的反駁，露出了比聽他說起Graphite Edge的評語時更明顯的苦笑。

「Array多嘴的毛病，不管過了幾年都改不過來呢。如果只是和魔鬼訂契約，就能得到真正的復活能力，那可太划算了……而且Silver Crow，你自己不也差不多嗎？」

「咦……？」

「你不是和四聖訂了契約嗎？費盡千辛萬苦，把她從芝公園迷宮拖出來的，明明是我。」

「這……這還不是因為妳讓她去鎮守放了ＩＳＳ套件本體的東京中城大樓！」

梅丹佐擁有和人類完全一樣的知性與感情，白之王卻把她當工具利用，這讓春雪湧起對她的怒氣，大聲呼喊。

沒錯──不只是梅丹佐。White Cosmos與加速研究社，把本來他們應該保護、引導的新手超頻連線者Wolfram Cerberus，也只當成棋子來利用，拿他作為災禍之鎧MarkⅡ附身的媒介。Cerberus為了防止自己危害春雪，特意讓超頻點數扣到只剩下10點，試圖在春雪手下點數全失。

Orchid Oracle與Rose Milady，還有Black Lotus也不例外。白之王接二連三背叛這些信賴她的超頻連線者，把他們當成工具，用過就丟。無論有著什麼樣的理由，什麼樣的必然性，這種行徑都絕對是天理不容。

春雪在心中重新有了這樣的體認，以壓低的聲音說：

「……我和梅丹佐不是訂了契約……是變成了朋友。我們是朋友，所以互相幫助。這很奇怪嗎？」

「不奇怪。雖然我覺得你遲早會弄得自己很痛苦……不過這無所謂。總之，關於我剛才說過的三款試作遊戲所面臨的『問題』，並不是指《Accel Assault》和《Cosmos Corrupt》的所有玩家記憶被消除。而是在這之前……在遊戲結束時，發生了什麼事。」

「發生了……什麼事……？」

春雪按捺住熾焰般悶燒的憤怒，複誦這句話。

春雪自己在接觸BRAIN BURST之前，也曾有過幾次還在玩的網路遊戲停止服務的經驗。理由都是收益惡化，所以在服務即將結束時，玩家人數也都已經減少得相當嚴重，他就佇立在空蕩蕩的城鎮廣場上，聽著伺服器關閉的倒數讀秒。他本來以為，這兩款試作遊戲裡也發生了一樣的事情，然而——

白之王把視線從等她說下去的春雪身上移開，抬頭看向靜止在城堡前面的特斯卡特利波卡，微微瞇起了雙眼。春雪覺得她那像淡粉紅、像淡水藍，又像淡紫色的鏡頭眼裡，似乎有著某種情緒掠過，但這些情緒立刻消逝，恢復了原有的超然光芒。

White Cosmos把臉轉回來後，說道：

「從剛才你……也就是Graph稱之為『領袖B』的人物，設計出加速世界的原型，到試作遊戲實際開始營運，花了足足十年的時間。理由首先是為了等待配備『靈魂轉譯科技(Soul Translation Technology)』的第一款民用裝置──神經連結裝置上市，並等待透過剛出生就佩戴這些裝置，獲得高度ＳＴＬＴ適性的孩子們長大。另一個理由，則是為了等待實際管理遊戲的ＡＩ達到實用水準……」

「Ａ……ＡＩ？BRAIN BURST是由ＡＩ管理？」

春雪不由得喊出來，然後才想起一陣子前，和軍團伙伴們有過的對話。

那是在──大約十天前的週日，在與綠之團的模擬領土戰爭前，和軍團成員們去到位於澀谷拉文大樓高樓層的游泳池時發生的事情。黑雪公主與楓子在同一天，預料到「太空」空間將會在遊戲中上線，理由在於七月十四日是「向日葵之日」，也就是以日本第一顆氣象衛星發射升空的日子為由來的紀念日。她們完美地猜中了日子，而黑暗星雲也漂亮地在這場於太空空間中進行的模擬領土戰爭中贏得了勝利，但春雪對於管理者也不由得有了這樣的想法──向日葵之日和太空，也未免太牽強附會了吧。但若說管理者是ＡＩ，那麼這種牽強也就挺說得通……至少他會這麼認為。

而且，沒錯，春雪透過災禍之鎧而跟著體驗到的Chrome Falcon記憶當中，他應該也有著同樣的想法。同樣認為對於超頻連線者們發現的系統漏洞，也就是好賺的技巧，都能以驚人的速度堵死的管理者，搞不好不是人類，而是ＡＩ。事實上，他在入侵禁城時用過的「以連續進行短程瞬間移動（閃身飛逝）來越過護城河與城牆」這個手法，轉眼間就因為護城河上空的重力強化而無法再使用。

白之王彷彿再等春雪的震驚化為信服，這時才開口說：

「我也並不是見過管理者，但基本上不會錯。要不是剛才你在北之丸公園礙我的事，我已經升上10級，能夠親眼見證管理者的真面目了。」

「……不管幾次我都會阻礙妳的。」

春雪以生硬的嗓音這麼宣言，然後拉回了話題。

「假設BRAIN BURST的管理者是ＡＩ……這和《Accel Assault》還有《Cosmos Corrupt》結束時發生了事情的說法，有什麼關連？」

「也就是說，這個世界的管理者，就像以前的領袖A與B一樣，並不是全能的神。同時也表示，不使用ＳＴＬＴ的既有型ＡＩ，是只會一心一意追求最佳化（Optimize）的怪物……」

白之王喃喃說出這幾句神祕的話語後，舉起纖瘦的雙手，做出抓住兩個透明球體似的手勢。

「如果管理ＡＩ至少是全能的神，那又還好一些。因為若是那樣，要封閉世界，只需要奪走所有玩家的程式和記憶就夠了。可是，不是神，就沒有這樣的權限。為了進行強制反安裝與強制消除記憶的處理，首先就必須把所有玩家的點數歸零。於是……」

白之王的雙手緩緩靠近，融合為一個隱形的球體。

「管理AI從一開始就把為了實現這個目的的機制，組進了世界。放進了自己的代理人……一種雖然不是全能，卻擁有超凡力量的處決裝置。」

「處決……裝置？」

春雪先以沙啞的聲音複誦這個凶煞的字眼，然後再度看向特斯卡特利波卡。

細節少得反常的暗紅色巨大身軀，的確不像生物，無機人工物的印象還比較強。但除此之外，並非完全不存在這種造型的公敵，而且——

「……所有公敵不都是這樣嗎？雖然其中也有一些非主動攻擊的傢伙，可是公敵差不多都會二話不說地見人就攻擊……」

「可是，不管是什麼樣的公敵，都不是絕對打不倒的吧？連禁城的四神，應該都讓人感受得到打贏的可能性。你在北之丸公園不就說過，說只要在場的所有人同心協力，應該就連禁城的四神都能夠支配。」

「這……我是說過……」

「可是，特斯卡特利波卡不一樣。即使加速世界的所有超頻連線者合力，仍然連十條體力計量表的一半都打不掉。Crow，你認為特斯卡特利波卡的『蛋』——太陽神印堤，只是漫無目的地在無限制中立空間滾來滾去？」

「……不是嗎？」

「公敵當中，有些種類是會成長的。打倒愈多超頻連線者或其他公敵，能力值就會強化愈多。印堤從加速世界的黎明期，長達八千年的內部時間裡，燒盡了多不勝數的超頻連線者與公敵，不斷培養殼中的特斯卡特利波卡。為了替世界帶來末日……為了在末日來臨時，消滅所有超頻連線者。」

「…………………」

白之王閉上嘴後，春雪仍然好一陣子，什麼話都說不出口。

要結束遊戲，如果單純停掉伺服器，玩家的記憶就會留下。要消除記憶，就必須讓玩家點數全失；要讓玩家點數全失，就只能透過某些手段來減少。到這裡不至於無法理解，然而——

「……我覺得這個說法，至少有兩個重大的矛盾……」

春雪小聲這麼一說，Cosmos就眨了眨鏡頭眼。

「什麼樣的矛盾？」

「首先……製作出特斯卡特利波卡的管理AI，是站在領袖B這邊……也就是為了解放被封印在禁城的Being才創造出這款遊戲的這一邊對吧。既然這樣，我覺得只要用無敵的特斯卡特利波卡去打倒四神，攻進禁城，達成目的就可以了……」

「還有呢？」

「還有另一個矛盾，就是所有超頻連線者合力都無法打倒的特斯卡特利波卡，為什麼妳卻能夠馴服？我聽某個人說過，說原則上能夠馴服的公敵，強度都只到一對一打得倒的程度。如果妳一個人就打得贏特斯卡特利波卡，就和剛才的說法矛盾了。」

「……原來如此啊。」

白之王微微點了兩次頭，難得透出遲疑的跡象。她將雙手放在細到極限的腰上交叉，反覆動著右手食指。

「嗯嗯……這是最高層級的核心情報了。也是啦，都到這一步了，要我回答也行……可是一旦聽了，你將只剩下兩個選擇喔？」

「……請問是什麼樣的選擇？」

「當然就是和我們合作，或當場點數全失。」

「…………」

春雪一時間什麼話都說不出來，全身僵硬。

要他幫助白之團——幫助加速研究社，那是不可能的，而且他也不能點數全失。然而，要他只聽到這裡，那又太吊胃口了。

春雪足足悶了三秒鐘以上，正要說出收回這兩個提問的妥協方案。然而——

白之王突然全身一動，接著看向虛空。

「……說來遺憾，但看來是要下回待續了。」

「咦……為……為什麼……」

「你的光方（LightCube）——思考用量子迴路，開始進行備份處理了。現實世界中，你的神經連結裝置就要被卸下了。」

「啥……？」

春雪自己都完全無法有自覺的處理，為什麼白之王能夠知覺到？更根本的問題是，為什麼神經連結裝置會——他先震驚地想到這裡，然後才想到這是理所當然的。

多半是黑雪公主從距離北之丸公園最近的傳送門進行超頻登出後，在現實世界中一醒來，就想讓春雪強制斷線。White Cosmos有著能夠無視等待時間而強制使人復活的必殺技「垂憐復生」，所以只要反覆進行復活與攻擊，就能在短時間內奪走大量的點數。若是立場對調，春雪多半也會盡快去解下黑雪公主的神經連結裝置。

雖然不清楚距離實際斷線還有幾秒，但為了同伴們，得儘可能多得到一些情報才行——春雪慌忙想到這裡，白之王卻搶先問起：

「Silver Crow，你是在現實世界裡，和軍團裡的人一起潛行進來的？」

「咦？是……是啊，和黑雪公主學姊……」

春雪反射性地回答到這裡，白之王就上身微微後拉。

「……和Lotus？在這種時間？你們兩個是這種關係？」

「這種……啊，不……不是啦！」

春雪急忙喊完，緊接著才總算感覺到。一種只有世界逐漸遠去似的減速感。

最後聽見的，是白之王沉穩的說話聲。

「我會在一週之內跟你再聯絡。在下次見面之前，你先決定好要怎麼做。還有……你要知道，一旦你在不是我指定的日期時間擅自潛行進來，一秒鐘後就會死。當然，你的同伴也不例外。」

春雪尚未答話，所有知覺已經被封鎖到黑暗中。

即使睜開眼睛，他一時間仍無法理解眼前的物體是什麼。

模糊的視野漸漸對準焦距，當他能夠認知到那是人臉——黑雪公主的臉——那一瞬間。

「你還好嗎，春雪！」

右肩在喊聲中被人用力搖動。他察覺眼前這對漆黑的眼眸微微沾濕，不由得倒抽一口氣，然後連連點頭。

「還……還好，我沒事。對不起，讓學姊擔心了……」

春雪以沙啞的聲音這麼回答，急忙想起身，但起不來。因為穿著長T恤的黑雪公主騎在春雪肚子上。

「這……這個，學姊……」

「你真的沒事吧？沒有點數全失吧？」

「那……那當然。豈止沒有全失，我一次都沒死。」

聽到他這麼說，黑雪公主的表情總算微微放鬆，長舒一口氣。

「…………這樣啊。」

她在極近距離點頭回應，抬起一隻腳，挪到春雪的左側。

有田家的客廳裡，燈全都關著，所以只有淡淡的光線。春雪進入無限制中立空間，是在凌晨一點三十分，但現在已經過了五點，窗外的天空已經泛起魚肚白。

春雪腹肌用力，正要起身，又從右側聽到新的說話聲。

「呃，這個，請用。」

轉頭一看，跪坐的日下部綸雙手遞出了玻璃杯，春雪立刻感覺一陣口渴，先說聲：「謝謝妳，我不客氣了。」然後接過杯子。

一口氣喝完整杯冰涼的水，立刻感受到腦幹慢慢暈開一股酥麻。他自覺到從開始進行太陽神印堤攻略作戰的瞬間，直到剛才神經連結裝置被黑雪公主解下，都一直處在極度的緊張下。

春雪拿著空了的玻璃杯，面向癱坐不動的黑雪公主，鄭重道歉：

「……對不起，學姊，我那樣輕而易舉就被綁走……」

「不……你沒有任何需要道歉的地方。該道歉的反而是我……我，不，是六王全都差點就要死在一戰定生死的規則下，你救了我們所有人，但我們卻只能眼睜睜地看著你被抓……」

春雪一聽見這幾句充滿痛苦與悔恨的話，立刻探出上身。

「不……！重要的是，學姊平安從傳送門脫身了。既然能夠達成這個目標，我怎麼樣都划算！」

「別說傻話了！我可根本不打算犧牲你來讓自己得救！」

兩人在跪坐姿勢下，近得膝蓋幾乎都要碰在一起的距離爭論，結果——

「……所以發生了什麼事？」

就聽見背後傳來這個鎮定的說話聲。

春雪反射性地挺直腰桿，半抬起上身回頭。

在春雪、黑雪公主與綸所坐的地氈南側，深深坐在沙發上的，是把一頭長髮綁成馬尾，身穿背心與短褲的女生。她就是將Omega流無遺劍傳授給春雪的「劍鬼」Centaurea Sentry——鈴川瀨利。

瀨利結束在無限制中立空間裡長達四個月的修行後，將春雪留在「櫻夢亭」，回到現實世界，所以並不知道印堤攻略作戰的過程與結果。負責傳令給黑雪公主的綸也是一樣。春雪必須把發生的事情，鉅細靡遺地說給她們兩人聽。

「呃……」

春雪一邊站起，一邊在腦袋裡整理情報，正要開始說話的瞬間。

「唔……」

背後又傳來說話聲，讓春雪再度回頭。結果看見同樣站起來的黑雪公主皺起眉頭，手指在空中比劃。

「楓子、謠、晶打來的……不，千百合與拓武，還有仁子、Leopard……連休可和累也打來了……」

也就是說，幾乎整個軍團的團員，全都來聯絡黑雪公主。多半就是為了確認春雪的安危，既然這樣，直接打給我不就……春雪先想到這裡，才發現神經連結裝置還握在黑雪公主手上。

「這個，學姊，那就用潛行聊天室，由我來對大家說明，可以請妳幫忙把大家連到我們家的VR空間嗎？」

「嗯……也對……」

黑雪公主對春雪的提議表示首肯，卻又立刻大大搖頭。

「不對，你應該立刻充分休息，晚點再說明也還不遲……因為無論Silver Crow在無限制中立空間內處於什麼樣的狀況，只要不再度潛行進去，就不會有危險啊。」

的確，春雪不只是腦子，全身都有種揮之不去的沉重倦怠感。但仔細想想，這實在有些奇妙。進行加速的時候，春雪並不是用自己的大腦，而是用位於主視覺化引擎當中的專用量子迴路來思考，並在超頻登出的瞬間只讓記憶同步。連疲勞都會帶進現實世界，說來並不合理。

春雪試著這麼說服自己，但眼瞼愈來愈沉重，於是眨了眨眼之後回答：

「那……不好意思，我就恭敬不如從命了……」

「你可要好好休息啊。」

黑雪公主說完，遞出了春雪的神經連結裝置。春雪用雙手接過，然後轉身面向綸。

「綸同學，今天也要謝謝妳。」

「下次，我也……一起，戰鬥。」

「嗯，靠妳了。」

春雪接著看向瀨利，朝她一鞠躬。

「這個……師範，不對，瀨利學姊，就是這麼回事，所以詳細的狀況說明請容我延後，我只說兩件事……多虧了瀨利學姊和Omega流的『極』，讓我成功砍斷了印堤的本體。」

「是嗎？太好了。」

春雪聽到這太酷勁的回答，不由得差點苦笑，但隨即繃緊嘴唇，然後說下去。

「還有……雖然只有一瞬間，但我覺得『合』我也施展出來了。」

這次連瀨利也表情微微一動。淡淡的驚訝——以及微笑。她什麼也不說，點了兩次頭，從沙發上站起。

「那，我回去了。雖然發生了很多事，但我很開心。」

「謝謝妳！」

春雪再度鞠躬，瀨利拍拍他的肩膀，從地板撿起背包，開始走向客廳的門。但黑雪公主立刻伸出左手，讓她留步。

「劍鬼……不，Sentry……不，瀨利。」

黑雪公主重叫了兩次，清了清嗓子，才說下去：

「我也要鄭重向妳道謝。真的多虧了妳的關照……都承蒙妳關照了，我就順便說了吧。瀨利，進我們軍團吧。」

「咦！」

發出這聲驚呼的不是瀨利，而是春雪。「Centaurea Sentry是孤傲的大劍豪」這樣的形象已經深植他腦海中，讓他作夢也想不到要邀瀨利進黑暗星雲，但如果她願意加入，那的確是再靠得住不過。

正當他吞著口水觀望事態發展——

「……黑雪，我以前一再堅拒所有軍團的邀約，妳應該不會不記得吧？」

「當然。可是，以前的妳，『下輩』是不用說，連徒弟應該都堅持不收。既然可以對一個原則妥協，那麼妥協第二次也不會有多大的差別。」

這番話很有黑雪公主的風格，但未免太直截了當，讓春雪內心大為慌張，擔心會不會激怒瀨利。

瀨利朝比自己矮了些的黑雪公主臉上盯著看了一會兒後——說道：

「這也說得是呢。那我進。」

「咦啊！」

春雪不由得發出傻里傻氣的驚呼，瀨利與黑雪公主的視線投注在他身上。

「怎麼？Crow，你小子討厭我進軍團？」

被瀨利以加速世界裡老氣橫秋的口氣這麼一問，他立刻以全速搖頭。

「怎……怎怎怎怎怎麼會呢！這個，我……我非常開心！」

「那就好。」

瀨利點點頭，再度看向黑雪公主。

「我現在關掉了全球網路連線，用直連操作行嗎？」

「當然行。春雪，麻煩你了。」

黑雪公主遞出左手，於是春雪抓起放在矮桌上的XSB傳輸線，衝過去交給她。

兩人的神經連結裝置以有線方式接上後，黑雪公主站著低聲說出「超頻連線」指令。兩人靜止不動只有一瞬間，立刻又拔去了傳輸線，讓春雪鬆了一口氣。他本來擔心兩人進行加入軍團的操作，會順便來場對戰，但如果開打，應該至少會加速一秒鐘。

黑雪公主與瀨利默默伸出右手，用力握了握手。

這位回歸加速世界後，還加入了黑暗星雲的資深劍豪，對春雪與綸也點了點頭，隨即瀟灑地開始默默走向客廳的門。

綸戰戰兢兢地，朝她的背影開了口：

「那個……鈴川學姊，請問……妳要穿這樣回去嗎？」

瀨利停下腳步，低頭看了看自己一身背心搭配短褲的打扮，回過頭來說道：

「有田同學，我要換衣服，借一下洗手間。」

3

冷靜想想，就覺得即使從無限制中立空間斷線脫身，也完全不表示這樣就確保了春雪——Silver Crow的安全。由於他並非從傳送門正常登出，一旦潛行到無限制中立空間，就會出現在東京城堡樂園的海姆韋爾特城露臺上，多半就如白之王對他提出的警告，一潛行進去的瞬間，就會遭到站在眼前的特斯卡特利波卡攻擊而當場死亡。然後，就在整整一小時之後，重複一樣的情形。

從春雪升上4級以來，還是第一次陷入實質的無限EK狀態。光是想到無法進入加速世界本質所在的無限制中立空間，呼吸就立刻變得急促。他曾經試著去想像當時被封印在四方門的謠與晶，以及被捲入印堤空投作戰的黑雪公主內心是何感受，但這種彷彿四周的氧氣都變得稀薄的窒息感，超出了他的想像。

即使如此，春雪在玄關目送瀨利、綸與黑雪公主離開後，回到自己房間。一倒在床上，立刻就像關掉開關似的睡著了。他被籠罩在溫暖且柔和的黑暗中，一心一意地深深沉睡。

儘管幾乎並未留下記憶，但睡著的期間，春雪有了不可思議的體驗。

那——是夢嗎？他在無盡綿延到地平線的不毛荒野上，走個不停。全身傷勢都很嚴重，每踏出一步都會竄過一陣悶痛，但他不能停下腳步。因為後方有著沉重的轟然地鳴聲，不絕於耳地追趕而來。

他一邊行走，一邊隔著肩膀看向身後。

沒有顏色的荒野遠方，有個大得不得了的東西在動。是全身披著紅黑色火焰的巨人——每當巨人以大樹般的腳踏上地面，揮下岩石般的拳頭，地面就有五顏六色的閃光亮起，傳出小小的哀嚎。

是一群到前不久還並肩作戰的同伴，正受到巨人蹂躪。春雪獨自逃出了這個戰場。儘管認為非回去不可……但雙腳就是不停下。只不斷蹬著乾枯的地面，只想儘可能多前進一些，離得更遠一些。

不絕於耳的戰鬥聲響漸漸變得斷斷續續，最後寂靜來臨了。

春雪戰戰兢兢地回頭一看，巨人已經完全靜止不動。

巨人腳下，看不見有東西還在動。殺戮已經結束。在春雪逃離的戰場上英勇作戰的同伴們，已經一個都不剩地全軍覆沒。

從開始的那一刻，就已經注定會有的結束。世界的末日。

在遠方靜止不動的巨人，慢慢轉動脖子，看向春雪。

沒有五官的頭部上，浮現出來的白色同心圓紋路，就像獨眼似的發出精光。

4

「──────！」

自己的身體戰慄的震動，讓春雪醒來。

他躺在床上，連眨了幾次眼睛，心想由家庭伺服器控制的空調系統，應該把室內的溫度與濕度都控制得很完美，但額頭與胸口都被汗水沾濕。

他一邊等著急促脈動的心臟穩定下來，一邊試著回想自己到底作了什麼樣的惡夢，但腦子裡只有恐懼、絕望與心灰意冷的餘韻，有如苦味的煙霧一樣在飄，而且這些煙霧也隨即消散。

他呼出憋著的氣，坐起上身。由於他就寢時並未佩戴神經連結裝置，於是朝桌上的時鐘看去，數位的數字顯示現在是上午十點零七分。他是在六點左右上床，所以算來只睡了四小時。

即使如此，他並不覺得睡得不夠。仔細想想，在隨著Centaurea Sentry修行之前就睡了四小時左右，合計就有八小時。黑雪公主為了讓春雪能夠睡得安穩，將軍團開會的時間設定在下午三點，但難得在早上醒來，睡回籠覺也有點可惜。

哪怕作了惡夢，由於有了充足的睡眠，無限ＥＫ的焦躁感也已經淡得可以忽略。春雪下了床，為了沖澡而準備好換洗衣物，走出了房間。

他走過昏暗的走廊，佩戴上神經連結裝置後，開啟虛擬桌面。緊接著就跑出大量語音來電的未接通知，以及收到訊息與郵件的通知。他趕緊查看，發現不只是黑暗星雲的團員，用匿名郵件網址聯繫的其他軍團團員，也送來了大量的聯絡。春雪在他們面前被特斯卡特利波卡擄走，就此音訊全無，所以他們會想知道狀況也是當然的。

想來黑雪公主、楓子和千百合應該已經幫忙回信——想是這麼想，但春雪站在走廊上，就先打開了郵件APP。打上【抱歉這麼晚聯絡。我目前平安無事，詳細情形稍後再通知。】這幾個字，然後一起發給所有送來聯絡的超頻連線者。

他一邊再度走向客廳，一邊朝位於走廊左側的母親寢室房門看去，看見門上顯示出「在內／就寢中」的投影標籤。看樣子是在春雪睡著的時候回家了。春雪小心不發出聲音，悄悄打開了走廊走到底右手邊的門。

一走進明亮的客廳，就看到桌子上出現訊息視窗。是母親的留言。他走過去看。

【冰箱裡的墨西哥薄餅捲，我吃了一個。到明天中午我都會在家，所以學生會選舉的演講講稿寫完，就拿給我看看。】

「……啊……」

春雪發出這麼一聲呢喃，關掉視窗，走向廚房。先喝了一杯冰涼的麥茶，然後走出客廳，前往浴室。

他一邊當頭淋著蓮蓬頭的熱水，一邊思索起學生會選舉的事。

春雪是在約兩週前，受到同屬二年C班的班級委員長生澤真優邀請，問他是否願意和她與拓武一起參加下一屆學生會幹部選舉。

梅鄉國中的學生會選舉有些特殊，一般都是學生會長、副學生會長、書記、會計這四個職位各自接受報名候選，投票也是個別計票，梅鄉國中則是從一開始就組成四人團隊來競選。也就是說，想當學生會長的學生，徵才與管理等等的能力，在選舉戰的階段就會受到考驗。這可說是大型教育相關企業所經營的學校特有的規則。

從這個角度來看，真優會選上拓武，春雪就很能理解。拓武是劍道社二年級的王牌選手，學業成績也優秀，加上個性溫厚篤實，長得又眉清目秀，他作為候選人，找不到一點瑕疵；相較之下，春雪的成績只是尚可，運動完全不行，口才含糊不清，又胖嘟嘟的。受到真優邀請的時候，還不由得訝異地覺得為什麼會找上全學年最不適任的我，但聽她說來，是因為看著春雪獨力提升了校慶裡班級展演的AR展出企畫內容，以及他作為飼育委員會委員的活動，決定了這個人選。

只是話說回來，當學生會幹部，這擔子還是太重了——何況春雪認為即使參加競選，自己也會拖累大家，導致整個團隊落選，所以起初打算拒絕。然而他和拓武與黑雪公主商量後，改變了想法。

最直接的導火線，是黑雪公主對春雪問出的一個問題。

——沒有結果的努力有意義嗎……你現在就是在想這個問題吧？

沒錯，春雪從小時候，就一直這樣告訴自己。說不管做什麼事，與其失敗而弄得自己很悲慘，那還不如從一開始就別去做。然而，在加速世界認識了許多人，經歷了許多事，讓他已經漸漸改變這種消極的想法。

為了自己，為了別人而努力。就只是想努力所以努力。這樣的積累想必不會是白費工夫。所以春雪在結業典禮的前一天，在梅鄉國中的屋頂，對生澤真優回答了「ＹＥＳ」。既然接受，就必須認真參與。選舉活動將在第二學期開學後展開，但該事先做好的準備很多。母親留言中提到的演講講稿，他也想早點準備好，而且最重要的是，他們必須盡快決定第四名團隊成員。真優自己當然也會找，但她也對春雪說過「如果有合適的人選就跟我說」。等收到聯絡的時候，春雪希望至少能提出一個名字——

春雪一邊想著這些，一邊洗頭洗澡，沖掉泡沫後，走出了浴室。他回到自己房間，查看時間後，換上了制服。在留言ＡＰＰ留下【我去學校處理委員會的工作。演講的稿子大概還要花上一些時間。】這樣的訊息後，再度走向廚房。他打開冰箱，從盤子上還剩下的三捲墨西哥薄餅捲中拿出了一個。

順便也拿出一個放在上段角落的小保鮮盒，走到另一側的流理臺。他一邊嚼著薄餅捲，一邊打開容器一看——

「……啊！」

春雪忍不住小聲驚呼，薄餅捲差點從嘴裡掉下。他驚險地重新含穩，一邊急忙吃下，一邊注視容器內。

排列在濕紗布上的，是許多直徑最長處約七公釐左右的淺咖啡色橢圓體——櫻桃的種子。這個月七日，仁子與黑雪公主跑來突襲有田家，舉辦突發性過夜聚會，當時他端出了外祖父寄來的櫻桃作為晚餐後的甜點，仁子就十分中意，還提議要把種子種下去栽種。

食用櫻桃，也就是櫻桃樹，基本上都是以苗木嫁接的方式栽種，從種子的狀態栽種會相當困難。要讓種子發芽，需要進行「低溫低濕處理」，在七月的室外氣溫下是絕對不可能的，所以春雪將十二顆種子清洗、乾燥過，然後放在濕的紗布上，保管在有田家的冰箱裡，每天慎重地加水，只是——

到今天為止的兩週以來，毫無動靜的種子之中，有三顆從側面各長出了乍看像是灰塵的極細根。是種子暴露在寒冬溫度下兩週，終於醒來，發根了。

「喔喔……挺行的嘛……」

春雪喃喃這麼說，但其實幾年前他嘗試栽種時，也成功進行到這一步。當時他將發根的種子放到陽臺上的盆栽裡種植，但也不知道是土太舊還是澆太多水，很遺憾地並未進展到發芽的階段。就不知道這次會是如何——

春雪在另一個迷你保鮮盒裡鋪上新的紗布，小心將三顆發根的種子挪過去，然後上面也蓋上紗布。蓋上蓋子，想了一會兒後，連著保冷劑裝進小型的隔熱袋裡。接著往水壺裡裝了麥茶與冰塊，去到玄關後，從牆上的掛鉤取下背包，把隔熱袋和水壺塞進去。他將背包斜揹，戴上掛在隔壁掛鉤上的帽子，穿上透氣運動鞋，慢慢打開玄關的門。

明明還是上午，但一走出門外，就有一股燒灼臉孔似的熱氣迎面而來。換成是平常，他會想乾脆直接關上門不出去了，但只因為多了一件期待的事情，就能夠覺得夏天的炎熱也沒什麼大不了的。

春雪來到外走廊，聽著背後輕輕一聲自動門鎖的上鎖聲，跑向電梯間。

明明盡量挑陰涼處行走，但等春雪走到梅鄉國中的校門，襯衫已經濕淋淋的都是汗水。他先在校門內側停下腳步，從背包裡拿出毛巾，擦擦臉和脖子。等汗水消退一些後，走向第二校舍——別名舊校舍的後面。

在校舍牆壁與高聳圍牆夾縫間的通路上走著走著，前方就出現一個開闊的空間。梅鄉國中校地的角落裡，有著這麼一個不為人知的中庭，或許更應該說是後院。儘管被兩面水泥牆與一面校舍牆壁圍繞，但神奇的是採光很良好。

後院最北邊，蓋有一棟小木屋。長寬各四公尺，高兩公尺半。比起校舍是小得不得了，但樓板面積算來也有十六平方公尺，所以比春雪的房間還寬廣。

春雪一靠近，在這小木屋前面掃著地面落葉的學生，就注意到腳步聲而抬起頭。

「哎呀，這不是委員長嗎？今天有排到你要來嗎？」

對他說話的女生是井關玲那。是由春雪擔任委員長的梅鄉國中飼育委員會成員。

在校舍內看到時，她的裝扮都有著相當高的辣妹度，但像這樣把微捲的頭髮綁在身後，戴上白色的學生帽，穿著體育服裝，看起來就覺得也像是運動社團的社員，實在不可思議。春雪一邊舉起一隻手，一邊走近，在玲那面前停下腳步回答：

「沒有，我的班是昨天，所以下次是明天，不過……因為有空，我就過來看看。」

能像這樣不口吃地講話，也不是很久以前就開始的。虧我以前還那麼怕井關同學啊……春雪暗自陶醉在感慨中，玲那就眨了兩次眼睛，接著似乎想到什麼似的露出甜笑。

「有空？委員長，你有那麼多女人，暑假怎麼可能有空啊？」

「女……才……才……才沒有這種事啦！」

「啊哈哈，會像這樣慌了手腳，就很像是你會有的反應啊。」

玲那哈哈大笑，緊接著小木屋裡就傳來啪啦啪啦的聲響。

隔著拉在小木屋正前方的鐵絲網往內看去，就看到架在地上的棲木上，白臉角鴞小咕正大大拍動翅膀。這並非生氣或不安，而是以牠的方式在表示歡迎，這點春雪最近也漸漸看得出來了。

梅鄉國中的飼育委員會，就是為了照顧小咕，在上個月才剛成立的組織，而春雪會當上委員長，也是半出於意外。除了玲那之外，名簿上還有個姓濱島的男學生，但他只在活動第一天露臉，之後再也沒出現過。其實身為委員長，也許該做點什麼才行，但一想像自己闖到濱島班上，口頭指責對方怠忽職守的場面，就讓背脊直冒冷汗。

眼前就以現行陣容繼續努力吧……春雪堅定了這種不知道算是積極還是消極的決心，玲那就用左手擦去額頭的汗水。

「不過今年熱得好過分啊。這麼熱，小咕不要緊嗎？」

「嗯～牠原產地是非洲，所以聽說還挺耐熱，不過實在是會有點擔心啊……」

兩人同時再度看向小木屋內。棲木上的小咕似乎感受到視線，停止整理羽毛，用橘色的大眼睛回望春雪他們。牠歪頭的舉止，像是在問「要吃飯了嗎？」，於是春雪先以心電感應送出「抱歉，還沒」的訊息，然後將視線拉回玲那身上。

「這小木屋很寬，通風很好，而且又有大水盆，只要常來查看小咕的情形，大概不要緊吧……想是這樣想，不過等四埜宮學妹來了，我會再跟她商量。今天她是大概幾點會來啊？」

「說是十一點半，所以我看已經來了吧？」

「這樣啊。那我也來幫忙打掃。」

「不好意思啦，委員長。」

看到豪邁一笑的玲那額頭上再度冒出汗水，春雪從背包裡拿出水壺，遞了出去。

「這個是麥茶，不介意的話妳喝。啊，杯子我還沒用過。」

「啊哈哈，我又不在乎間接什麼的那套！」

玲那在春雪肩膀上一拍，接過水壺，說聲「謝啦」就開始轉開壺蓋。春雪匆匆走遠，將背包放到平常拿來放行李的舊校舍後門樓梯處。接著打開附近的用具間，拿出地板刷與裝了多用途噴頭的水管。

將水管接上飼育小木屋旁邊的水龍頭上，進了小木屋後，先對小咕說聲「我要打掃嘍」，然後掀開鋪在棲木周圍的厚防水墊，和水浴用的大型鳥類浴盆一起搬出小木屋外，開始往地面灑水。鳥糞大部分都由防水墊接住，所以地上幾乎沒弄髒，而且謠也說「地板一週清理一次就可以了」，但隨時維持乾淨，小咕應該也會住得比較舒爽。

春雪用地板刷，將地上的水混著塵土與羽毛一起往外推。這小木屋從外面看來不怎麼大，但一走進去就會覺得四公尺見方意外地寬廣。春雪右手拿刷子，左手拿水管，南北向來回往返。

他一心一意地打掃，等到天然木材的地板全都沾濕成焦褐色時，聽見屋外傳來玲那的說話聲。

雖然看不見「超委員長」的身影，但春雪的視野中開啟了聊天視窗。

【UI＞午安，井關學姊。】

棲木上的小咕照理說看不見這行字，卻開始拍動翅膀。

「這次真的要來吃飯了。」

春雪對小咕輕聲說完，拿著刷子與水管走出小木屋。

站在玲那身前的，是穿著白色連衣裙款制服的四埜宮謠。她就讀梅鄉國中的姊妹校——私立松乃木學園初等部。而井關玲那會稱她為超委員長，是因為梅鄉國中之所以會設立飼育委員會，就是出於謠提出的請求。

謠微微拉起用來預防中暑的白色寬邊帽，看到春雪從小木屋走出來，眨了眨一雙大眼睛。

【UI＞怪了，我還以為有田學長的班是明天。】

「嗯，是這樣沒錯啦……」

暑假期間當然還是必須照顧小咕，但飼育委員會包含外校生謠在內也只有三個人，所以每三天就會輪到一次值班——本來以為是這樣，實際上卻是春雪與玲那隔天來，謠每天都來。原因很簡單，因為目前能夠讓小咕吃下飼料的就只有謠。只要她待在附近，由春雪來餵食，小咕也肯吃，但到頭來謠還是無法休假。因此春雪決定，暑假期間即使並未輪到值班，也要儘可能來照顧小咕。

他一邊掩飾這樣的想法，一邊說出和剛才一樣的話。

「我有空，所以來幫忙。」

【ＵＩ＞是這樣，嗎？】

謠一瞬間打出這行字後，雙手離開投影鍵盤上，在胸前交握，臉色微微轉為黯淡。

春雪慢了半拍後，猜到了理由。

謠——Ardor Maidan在無限制中立空間的北之丸公園，親眼目睹Silver Crow被特斯卡特利波卡帶走的場面。之後黑雪公主與楓子聯絡過，告知春雪已經緊急斷線，所以沒有急迫的危險，但她還不知道春雪具體是處在什麼樣的狀況下。

春雪扔開刷子與水管，走上幾步，用自己的雙手包住謠小小的雙手。

「這個，小梅……四埜宮學妹，我沒事的。抱歉讓妳擔心了……可是，我真的沒事。」

結果謠一瞬間睜大雙眼，然後臉頰微微發紅，點了點頭。她似乎想開口說話，嘴唇顫動，但發不出聲音。謠患有後天性運動性失語症，在現實世界無法用自己的嗓音說話，必須透過腦內植入式晶片（Brain Implant Chip），以打字聊天的方式交談，但由於雙手被春雪握住，讓她不能打字。

「啊……抱……抱歉！」

春雪一邊道歉，一邊放開手，往後跳開。他還想道歉，但謠張開雙手制止他，微笑著點了點頭。春雪還來不及鬆一口氣，就聽見右後方的玲那說話了。

「喂喂，委員長，不可以對國小生性騷擾吧。」

「性……我……我才沒有那樣！」

春雪一邊對賊笑兮兮的玲那全力抗辯，一邊撿起刷子和水管。他又朝謠看了一眼，發出「詳細情形我會在開會時說明」的思念波，然後退回小木屋內。

春雪把從小木屋搬出的防水墊和鳥用浴盆搬到立柱水龍頭前，先將防水墊鋪到地上，然後將多用途噴嘴切換成噴射水流，把髒汙沖洗乾淨。施有撥水塗層的防水墊很快就沖乾淨，所以直接在陽光下晾乾。接著拿起海綿，仔細刷洗浴盆。

春雪做著這些工作的時候，玲那也做完了掃落葉與拔草的工作。兩人一起整理用具，回到小木屋前，就看到謠正將皮製的養鷹手套戴上左手。小木屋裡，小咕確信這次真的到了吃飯時間，用力拍響翅膀。

謠穿好手套，玲那拿著裝飼料的大型容器，春雪抱著晾乾的防水墊，三人依序進入小木屋，小咕就從棲木飛起。牠在四公尺見方的小木屋裡，沿著順時鐘方向飛了三圈，輕巧地停在謠舉起的左手上。貓頭鷹等不及似的動著喙，謠用右手指尖輕輕摸牠的頭。

站在身旁的玲那打開保冷盒，維持在謠胸口的高度。裡面裝著包在塑膠袋裡的深紅色生肉，以及樹脂製的鑷子。謠右手拿起鑷子，夾起一片肉片，送向嘴邊，小咕就整個啄上去，一口吞掉。

小咕的飼料是老鼠、小雞或日本鵪鶉的生肉，謠會去買整隻冷凍的動物，親手解體。今天從顏色和形狀來看，似乎是日本鵪鶉的肉——春雪也漸漸能看懂到這一步，但他還完全沒打算自己解體。以前謠曾經讓他看過用小刀把只是解凍完的老鼠割成細條的情形，但春雪頂多只能不撇開視線。要讓謠能夠休假，就必須能夠獨自處理飼料和餵食的工作，只是——

春雪一邊想著這些念頭，一邊看著謠餵食，忽然間玲那小聲開了口。

「這個，超委員長……小謠，我也想試試看，可以嗎？」

謠停下手，抬頭看向玲那。她立刻露出溫暖的笑容，用力點頭。

玲那接過謠遞出的鑷子，夾起小片的肉片，小心翼翼地送到小咕嘴邊。

小咕直到剛才都發揮了旺盛的食慾，現在卻立刻撇開臉。牠以大大的眼睛往上看著玲那，威嚇似的讓全身羽毛鼓起。

小咕以前是被人養在家裡，但飼主不負責地棄養，縮在松乃木學園的庭院裡，被謠發現而加以保護。小咕不是自己逃出來。因為愛護動物法改訂條文規定，幾乎所有寵物都必須將個體識別用的微型晶片植入皮下，而小咕身上就有著被人用刀挖出晶片的傷口。

此後小咕除了在性命垂危時救了牠的謠以外，再也不信任其他人類。到最近牠開始願意吃春雪餵的飼料，但也只有停在謠的手上時如此。

玲那看到小咕一直威嚇，喃喃說聲「不行嗎？」就要將飼料放回容器。但謠立刻動了動右手，意示鼓勵地摸了摸玲那的背。她看著左手上的小咕，嘴唇微微顫動。

春雪重新體認到，這是多麼令人心焦。在這種時候，謠對小咕，對玲那，都沒辦法說話。連要讓嘴做出說這些話的動作都辦不到。唯一的例外，就只有無聲詠唱加速指令的時候。

真想替她對小咕說話——春雪這麼想，但一直緊閉著嘴。謠雖然說不出話，但正拚命想和小咕溝通。這種時候他不應該插手。

過了一會兒——

小咕鼓成圓球狀的羽毛慢慢開始恢復原狀，往前傾斜的身體也漸漸挺直。牠連連眨眼，檢查似的抬頭看著玲那的臉。

謠的手仍碰在玲那背上，這時給信號似的輕輕一動。玲那戰戰兢兢地舉起右手，再度將肉片送向小咕。

小咕這次並不撇開臉，也不威嚇，但也不立刻來吃。牠像是在考驗玲那——更像是在考驗自己，身體一直前後搖動。這種搖動忽然停止，脖子微微一歪——接著啄向肉，一口吞下。

謠再度動了動右手。玲那驚覺過來，挺直腰桿，用鑷子夾起新的一片肉遞出。小咕也不再顯得猶豫，叼走了肉。

太好了。春雪鬆了一口氣，看向玲那的側臉。

結果看見小小的水珠，從眼角沿著臉頰滑落。雖然是在逆光下，但錯不了……玲那微笑著流下了眼淚。

春雪連聲音都發不出來，看著這幅光景看得出神，忽然想到。

——就邀邀看井關同學吧

學生會選舉的參選團隊，第四人人選尚未定案。雖然需要先找生澤真優商量，也不確定玲那會不會答應，但春雪仍然想到，自己想和玲那一起打選戰……如果能夠當選，想和她一起從事學生會活動。

真優以前在提到第四個人選要怎麼辦時，就說過「像有田同學和黛同學這樣，比較尖銳的人才好」。春雪吃驚地回答說「先不說阿拓，我可完全想不到我有這種部分」，真優就一臉正經地反駁。

——其實，我認為每個人都擁有一些只屬於自己的……和別人不一樣的東西。可是，要把這些展現出來，真的很難呢。重要的是自己辦得到的事情，能不能好好做到好。

井關玲那是個不矯飾自己的人。儘管跟她一起從事飼育委員會的活動還只過了一個月，也幾乎不曾談過與活動無關的話題，但這點他能夠確信。

過了一會兒，小咕吃飽了，從謠手上飛起，再次先沿著逆時針方向在小屋內飛行，然後回

到棲木上。玲那似乎這時才注意到自己在哭，一邊用左拳擦去眼淚，一邊看著謠與春雪，害臊地「嘿嘿嘿」笑了幾聲。

下午一點。

三人做完所有工作，分著喝完冰涼的麥茶，就在後院解散。

春雪目送玲那前往更衣室，抬頭看著愈來愈有盛夏感覺的晴朗天空，正覺得「嗚噁」——

【UI>有田學長，你真的沒事嗎？】

這樣一串字浮現在視野中，讓春雪趕緊轉身面向左邊。

結果看見謠從寬邊帽下抬頭看著春雪。漆黑的眼眸裡，有著關心的光芒。

「我……我沒事啦，是真的。目前我的點數連1點都沒減少。」

春雪急忙這麼回答，但謠的表情並未好轉。只見她雙手手指迅速在空中敲打。

【UI>可是，就算緊急斷線，也並不是擺脫了監禁狀態吧？】

她有些猶豫似的停下手指，然後又打起字。

【UI>楓姊跟我說，詳細情形就等三點開會時再說……就算現在請你說明，也只是讓你多講一次，這些我都知道。可是，坦白說，我不安得不得了。總覺得就連現在，是不是也有某

些無法挽回的事情，正在我們看不到的地方進行……】

「…………」

春雪無法立刻做出回答，輕輕咬了咬嘴唇。

多講一次這完全不是問題。他是很想當場詳細說明，好讓謠安心，然而——其實春雪自己對於自己所處的狀況，也有些難以掌握。

事實上處於無限EK狀態，這點是錯不了的。但問題在於白之王為何要綁走春雪，告訴他這麼多事情。無論知道什麼，春雪都不可能背叛黑暗星雲與黑之王，所以做這種事情，對白之王也沒有任何利益。如果想讓春雪點數全失，她根本不必花那麼多時間說話，應該可以立刻殺了春雪。

春雪輕輕搖頭，說道：

「四埜宮學妹，對不起，讓妳擔心了。可是，白之王只是帶我去到東京城堡樂園，我在那裡也沒有被怎麼樣……雖然還不知道有沒有辦法脫身，但沒有迫切的危險這點是確定的。」

結果謠雙眉緊鎖。

【UI＞東京城堡樂園，是嗎？為什麼要去那種地方？】

「誰知道呢……看樣子整個樂園似乎都已經變成震盪宇宙的據點就是了……」

春雪這麼回答，試著回想從空中看到的城堡樂園全景——

結果就聽到背後傳來一陣急促的腳步聲，正想說是不是玲那有東西忘了而跑回來拿，緊接著——

腹部傳來咚的一聲衝擊，讓春雪「咕噁！」一聲。好不容易站穩腳步，免於坐倒在地，低頭一看，陷進他胃部附近的，是個用黑色絲帶把鮮豔的紅髮綁成雙馬尾的小小頭部。這個色澤他不可能認錯。

「仁……仁子！」

春雪這麼一喊，這顆頭就猛然往上抬起。一雙隨著光線角度，像綠色也像褐色的眼眸裡，有著一層淡淡的淚光。

「大哥哥……我真的好擔心你啊！」

「咦，啊，嗚……」

被久違的「天使模式」炸個正著，讓春雪腦袋幾乎停止運作，而仁子——上月由仁子，更用水汪汪的視線看了他三秒鐘以上——突然咧嘴露出完全相反的笑容。

她和春雪分開，退開一步，雙手扠腰，用壓低得簡直不像同一個人的聲調說：

「怎麼，看你還挺有精神的嘛。」

「唉………」

春雪嘆了一口很長的氣，然後回答：

「我很好，而且虛擬角色也沒事。而且……仁子，妳怎麼會跑來？」

「還問我怎麼會來，不是你聯絡我的嗎？」

仁子聳聳肩膀這麼一回答，就走向謠身邊。

「喲，Maiden，今天早上辛苦啦！」

【UI＞是，仁子學姊也辛苦了。】

「後來妳有好好睡著嗎？我就有點睡不著說。」

【UI＞其實我也是。雖然幾乎都是鴉鴉害的。】

「就是說啊～就算說人沒事，還是會擔心吧。」

春雪站在稍遠處，茫然看著用打字和肉聲對話的兩人。

仁子和謠一樣，也穿著學校制服。她穿著白色短袖襯衫，搭配深藍色的吊帶裙。仔細想想，她們兩個有著各式各樣的共通點。雖然學年不一樣，但都是國小生超頻連線者，都是彩度很高的「遠程的紅色」。一旦展開對戰，想來將會展開高度的射擊戰，但春雪並未見過仁子與謠一對一進行正規對戰。

——也是啦，小梅7級，仁子是9級嘛。事到如今，也沒有理由打正規對戰啊……

春雪正想到這裡，仁子打完招呼，看著春雪說：

「那，就動手吧！」

「咦……動手？動什麼手？」

「喂喂，我剛才也說過，不是你聯絡我的嗎？」

「咦，啊，是啦，是沒錯……」

春雪出門後，在抵達學校之前，確實發了郵件給仁子，寫著【櫻桃種子發根了，所以我要拿去學校種種看嘍】。但這終究只是——

「那只是跟妳說一聲，不是要找妳出來……」

「啥啊！是我說要把櫻桃的種子栽種下去的吧！那我不在場怎麼可以！」

「是……是這樣嗎～……」

春雪喃喃說著，看了看謠，但這位黑暗星雲最年少團員兼有著最高規格良知的少女，笑瞇瞇地打著投影鍵盤。

【UI＞雖然我不清楚來龍去脈，但不管什麼事情，一起做都比較開心。】

「就是說啊！好啦，我們趕快決定要種在哪裡吧！」

被仁子在柔軟的肚子上按啊按的，春雪也只能點頭了。

仁子看到排在保鮮盒裡的三顆種子，開心地說：「喔喔，長出根了耶。」一旁的春雪則在尋找適合種植的地方。

根據從網路上查來的知識，要讓蔬菜種子發芽，最常見的做法是使用有著一排排凹洞的一種叫做苗盤的盤子，以及調合過成分的專用栽培土，但他們並不是要大量生產菜苗，而且也不知道蔬菜用的栽培土適不適合櫻桃。這次也只能先當是試玩……不對，是試種，種種看再說了吧。

春雪一邊左思右想，一邊環顧地面，就看到視野中浮現聊天視窗。

【UI＞有田學長，這邊怎麼樣呢？】

抬頭一看，謠指著飼育小木屋的西南側，水泥圍牆下的位置。小跑步過去一看，才知道之前都沒發現這牆腳下，有著幾個用天然石塊堆成的花圃狀結構。一個花圃的大小，大約是長八十公分，寬五十公分。這麼大的花圃之前都並未映入眼簾，是因為表面都被雜草覆蓋。他站到花圃前，仰望天空。西邊就是圍牆，所以午後的陽光會被遮住，但從早上到中午左右，日照似乎還挺不錯。仔細想想，就覺得這個季節下，如果一整天曝曬在陽光下，土壤的溫度也會上升太多。

「嗯，應該不錯吧。雖然得拔草就是了。」

「這種小事，大家分頭拔一下就搞定了吧！」

不知不覺間已經站在身旁的仁子這麼一喊，就蹲下來開始用雙手拔雜草。春雪心想妳比我還急性子啊，也加入拔草的行列。謠也走到仁子對面，俐落地連根拔起雜草。

短短幾分鐘，花圃就露出了黑色的土壤。濕度與團粒化的程度似乎也相當不錯。春雪以十五公分間隔挖了三個洞，然後往右看去。

「那，仁子妳來播種吧。」

「難得三個人在，我們就各種一顆吧。」

仁子咧嘴一笑這麼說，從保鮮盒裡拿出一顆種子，放到了右側的洞裡。春雪與謠分別將種子種在正中央與左邊的洞裡，輕輕蓋上土壤。

從用具間拿出花灑，將整個花圃澆濕後，就飄散出土壤與水濃烈的氣味。加速世界裡也有著「原始林」與「草原」等各種木屬性空間，但並未連土地的生命本身所具有的氣味都加以重現。

春雪朝默默看著濕潤土壤的仁子側臉瞥了一眼，然後小聲說：

「……仁子，這樣講很像在潑冷水，但櫻桃種子要發芽真的很難。十二顆裡面也只有三顆長出根，這次最好當成測試……」

「……這我知道。」

彷彿是要承接仁子喃喃說出的這句話。

【UI＞既然這樣，我們三個就一起把心念灌注進去吧。】

這樣一行字浮現在視野中。

春雪吃驚地往左一看，謠就笑瞇瞇地動著手指。

【ＵＩ＞三個高等級玩家合力使出心念，相信一定會發芽的。】

「不……這個，我還只有6級……」

「別謙虛啦。」

聽仁子說話含笑，春雪把頭轉向右邊，緊接著側腹部就被她一捏。

「春雪的心念力量已經是王的等級……不，說王大概誇張了點吧。但應該有大軍團幹部集團的程度了吧。」

幹部集團——這麼說就會想到日珥的「三獸士（Triplex）」、長城的「六層裝甲（Six Armor）」，還有黑暗星雲的「四大元素（Elements）」。這當中的任何一個人，對春雪而言都是遙不可及的前輩，若要比心念力，即使打正規的對戰，他也不覺得打得出一場像樣的戰鬥。

「哪可能會有……沒有是沒有啦……」

春雪先用力搖頭，然後說下去。

「不過，如果發芽，我也會很高興……所以我會拚命灌注心念的。」

「很好。」

仁子伸出從春雪肚子上拿開的左手。春雪用右手和她交握，並以左手握住謠伸出來的右手。

春雪和兩人手牽著手，在花圃前閉上眼睛，一心一意地念著。他由衷祈禱，希望這小小的種子能長出芽，成長茁壯，變成一棵大櫻桃樹……有朝一日結出果實的那天，還能像這樣和她們兩人一起來。

趁著第一次來到飼育小木屋的仁子對小咕打招呼，春雪點開飼育委員會的日報檔案，將活動內容記載上去——當然並未提及仁子的奇襲——上傳到校內網路。

接著收拾行李，走到前庭。時間是午後一點四十分——離軍團的全體會議，還有一小時二十分鐘。

「對了……仁子是怎麼來的？搭Pard小姐的機車？」

春雪這麼一問，紅之王就聳聳肩膀。

「沒啦，是搭公車。因為Pard去店裡了……她是說會配合軍團會議來調整休息時間啦。」

「這樣啊……」

紅之團的第二把交椅「血腥小貓（Bloody Kitty）」Blood Leopard——掛居美早，在位於練馬區櫻台的西點蛋糕名店「海濱烘焙坊（pâtisserie La Plage）」擔任見習甜點師兼服務生。即使就讀的高中放假，店也只有公休日不營業。春雪以前曾經讓穿著女僕風制服沒換的美早騎機車接送，但看來就算是休息時間，也沒這麼容易溜出店。

「既然這樣，妳回程也要搭公車吧。我送妳去公車站牌。」

仁子朝這麼說的春雪露出不滿的表情。

「奇怪，不可以去你家嗎？我是這麼打算，出門時還把外宿許可證灌進宿舍系統耶。」

「唔耶？妳又什麼都不說就這樣……我媽會在家待到明天中午啊……」

「啊～……」

仁子以尷尬的表情不吭聲了。要在連面都沒見過的春雪母親在家時闖進他家，相信門檻還是太高了。而且春雪也不知道該如何說明自己和仁子的關係。

兩人沉吟思索，謠就輕輕歪了歪頭，然後在空中打字。

【UI＞既然這樣，仁子學姊要不要來我家過夜？】

「「咦？」」

仁子與春雪異口同聲發出同樣的感嘆詞。仁子連連眨眼，然後縮起脖子問起：

「這……不，可是，Maiden家裡也有爸媽在吧？」

【UI＞不，祖父、家父、家母和家兄，都去外縣市公演，暫時不會回家。在家的只有婆婆，只要說是朋友來過夜就沒問題。】

「這……這樣啊……」

由於現實中有過幾次交流的機會，相信仁子已經知道謠是能樂師家出身的孩子。即使這樣，仁子似乎還是會退縮。謠看著忸忸怩怩的仁子好一會兒後，抬頭看向春雪——

【UI＞機會難得，有田學長要不要也一起來？】

「咦咦！我……我也去？」

【UI＞對令堂就說是要辦飼育委員會的集訓如何？而且我也真的有些關於小咕的事情要商量。】

看著謠流暢的文章，春雪真心佩服起來。的確如果這麼說，就不是說謊，而且也可以大幅降低去玩的印象。他一邊心想謠真不愧是臨機應變生殺自如的楓子師父的搭檔，一邊點頭。

「嗯，這樣聽起來是沒問題……可是，真的好嗎？」

【UI＞當然好了。這樣仁子學姊也會比較高興吧？】

謠一輸入到這裡，仁子就莫名在春雪背上用力一拍。

「才……才不是這樣啦！我只是覺得人多一點好像會比較開心……好啦，既然這麼說，我們馬上就走！」

仁子重新揹好背包，開始快步走向校門。春雪和謠一瞬間相視而笑，然後追向蹦蹦跳跳的雙馬尾。

5

「來，丹田用力！」

圓滾滾又鬆軟的肚子被輕輕一拍，讓春雪一般喊著「是！」一邊腹肌用力。

從背上繞過來的布條，在肚臍下方綁了個蝴蝶結。春雪用雙手拿著的布條被用力拉撐，垂在腰前。

「這樣就穿好了。怎麼樣，穿兜襠布是不是打起精神來了？」

一邊站起身來一邊這麼說的，是個看來大概六十幾歲的女性。她姓鹽見，是四埜宮家的「婆婆」。她有著鶴一般修長的身材，穿著泛銀色的灰色和服，非常好看。相對的，春雪則赤身裸體，身上只綁著白色的兜襠布。

春雪隨同謠與仁子，一起來到位於杉並區大宮的四埜宮家，在謠的建議下，決定先借浴室洗澡。當然他說他最後再洗就好，但三人當中只有春雪滿身是汗，所以他沒辦法拒絕到底。

春雪在媲美高級日式旅館的全檜木造浴室裡，暢快地沖去汗水後，在脫衣間束手無策。由於他本來打算照顧完小咕就立刻回家，也就沒帶替換衣物。不得已之下，他正要再度穿上弄濕的內衣褲和制服，結果發現衣服全都不翼而飛，正慌了手腳，就聽到脫衣間外傳來女性的說話聲，吩咐他換穿籃子裡備妥的衣物。

問題是在於，這替換衣物是浴衣。

嚴格說來，其中的內褲還是他這輩子第一次穿的兜襠布。

眼前他先用神經連結裝置搜索兜襠布的穿法，有樣學樣地試著穿好，結果就被說聲「失禮了」走進來的鹽見婆婆評為「怎麼這麼鬆？」於是不容分說地幫他重新繫緊。

春雪面對這超乎自己腦容量的狀況不禁愣住，而鹽見婆婆就快手快腳地幫他穿好了藍染浴衣以及幫好兵兒帶。

「謝……謝謝婆婆。」

春雪道謝，她用瘦骨嶙峋的手在他肩上輕輕一拍。

「以後也請跟謠小姐做朋友啊。」

鹽見婆婆似乎接著想說些什麼，但只用閉上的嘴露出溫暖的微笑，就走出了脫衣間。

春雪用吹風機簡單吹乾頭髮，走過長長的走廊，回到謠的房間，謠和仁子就針對春雪穿浴衣的模樣品頭論足了好一會兒，才一起去沖澡。時間是下午兩點二十三分。依稀記得千百合說過女生泡澡就是要泡很久，不知道她們來不來得及在三點開會前回來。

這是他第二次進謠的房間。這裡是鋪了榻榻米搭配灰砂牆的純和室，但總還裝有空調。小小的和室桌周圍，放了看起來很高雅的坐墊。上次他只撐了三分鐘就放棄，所以心想「這次一定要撐久一點」，於是以跪坐姿勢坐好。

來路上他發了郵件給母親，告知要進行飼育委員會的集訓，但母親似乎還在就寢，並未回信。難得母親會在家裡待到明天中午，可以好好見見母親，但要準備學生會選舉的演講講稿大概是有困難……春雪想到這裡，又打消了主意。難得母親說會幫他批改，他不想讓母親的這份心意白費。

春雪維持跪坐姿勢，在虛擬桌面上點開文書ＡＰＰ。他將手指放在投影鍵盤上，看著閃爍的游標。只是，偏偏想不出第一句話該寫什麼。

針對學生會選舉的演講去找母親商量時，母親就說過，不管什麼話都行，把想說的話說出來就好。

春雪回答說，找不到想說的話，結果就被問說「那你是為了什麼來當幹部的？」春雪想了很久很久，然後坦白吐露了內心深處的心意。

——我就只是……想做點什麼。做點以往的自己，做不到的事情……

結果母親露出淡淡的微笑，開導春雪說：

——那，你就把這點告訴大家就好了。演講最重要的，就是能讓人聽進心裡多少。就算開出一張張煞有其事的政見支票，聽的人也只會左耳進右耳出。

「……讓人聽進心裡多少，是嗎……」

春雪喃喃自語，動起手指，碰上B鍵，遲疑了一會兒後，按了下一個鍵，再下一個鍵。如果是發給朋友的郵件，儘管遠不如謠，但他也能以高速盲打鍵盤，現在卻像戴上厚實的手套，動作十分生硬。

即使如此，春雪還是花十秒鐘打出了一句話，仔細凝視。

【我，討厭自己。】

緊接著腦海中就有個聲音，說大部分學生聽到這句話，多半會覺得「那你就努力讓自己喜歡自己啊」，於是手伸向退格鍵。然而，就在即將刪去這句話之前，他勉強忍住，打出了接下來的文章。

【我太討厭自己，討厭看自己，也討厭想自己，從以前就一直不去正視自己。不管待在哪裡，不管做什麼事，滿腦子都只想著不要引人注目，不要被人找上來說話。】

自己真的希望全校學生聽自己說這些嗎？與其做這種慘痛的表白，讓大家不愉快，列出讓人聽了舒服的競選支票是不是比較好呢？只是，言語卻從春雪心中不斷溢出。

【我也有幾個朋友，願意關心這樣的我。但就連這幾個朋友，我都沒辦法相信。甚至曾經揮開他們伸出的手，對他們說出過分的話，從他們眼前逃走。坦白說，到了我像這樣在大家面前演講的現在，骨子裡也沒有任何改變。我想馬上拔腿就跑，怎麼想都不覺得自己能夠勝任學

生會幹部。但就算是這樣……】

——就算是這樣。

——我還是想改變。能夠覺得想改變。

他不確定這個分歧點是在哪裡出現的。從黑雪公主手中拿到BB程式的瞬間、第一次飛上加速世界天空的瞬間、在與Dusk Taker的激鬥中獲勝的瞬間、戰勝災禍之鎧支配的瞬間、成功將飼育小木屋打掃整潔的瞬間、自告奮勇修改班級展演內容的瞬間、又或者是答應參選學生會選舉的瞬間……

想來，多半並沒有一個明確的分歧點存在。

是許多的緣分，發生的許多事情，許多悲傷的事、開心的事，一點一滴，慢慢改變了春雪。一種想面對自己，想相信自己的心意，就像凍僵的種子發出新芽似的慢慢長大，將他縮起的背伸展開來。

哪怕擺脫不了特斯卡特利波卡的無限EK。

哪怕在東京城堡樂園點數全失，哪怕自己將不再是超頻連線者。

只有這種心情，他不想失去。即使失去加速世界的記憶，成了平凡人有田春雪，他也絕對不想再低著頭走路。

不知不覺間，他握緊了投影鍵盤上的雙手，咀嚼著身為超頻連線者，而非身為學生會幹部候補的覺悟，結果——

「久等了！」

拉門在這樣的喊聲中，磅的一聲打開，讓春雪嚇了一跳，雙手騰空。

猛力跑進來的人，當然是仁子與謠，但兩人都和春雪一樣，換上了浴衣。仁子是紅底配白牡丹圖樣，謠是白底配藍色牽牛花圖案。春雪看得張大了嘴，把頭髮綁成包子頭的仁子就噘起嘴唇。

「喂，春雪，你沒什麼話要說嗎？」

「咦？啊……兩……兩位都很好看。」

「可惜你沒能很自然地說出來啊。」

仁子一副拿他沒轍的模樣搖頭，身旁的謠就笑著動動手指。

【UI＞我覺得這正是有田學長的優點。】

「不可以寵壞這傢伙啊，Maiden……不對，我是說小謠。」

看來是在兩人入浴時，仁子開始稱謠為「小謠」。春雪正心想著她們能和睦相處真是太好了，頭髮就被仁子輕輕一拉。

「別在那邊賊笑了，差不多該準備潛行啦。」

「咦……啊，已經只剩三分鐘啦。」

春雪把兩人看不到的文書ＡＰＰ存檔，看向謠。

「四埜宮學妹，我們決定好要在誰的ＶＲ空間集合了嗎？」

【ＵＩ＞是，小幸有跟我聯絡，說和印堤攻略會議的時候一樣，由楓姊開聊天室。】

「咦……啊，是真的。」

不知不覺間，虛擬桌面的通知區裡，訊息圖示已經在閃爍。似乎是因為他專心寫演講講稿，忽略了黑雪公主發的群組訊息。他還是先查看了訊息內容，然後看了看自己坐的坐墊。

「呃……這不是加速會議，所以要是坐著參加，也許潛行到一半，身體就會倒下吧……」

【ＵＩ＞說得也是。請等一下。】

謠先打了這樣一句話，然後打開壁櫥，從中取出像是毛巾毯的布料。

【ＵＩ＞抱歉要請兩位拿坐墊當枕頭，不過我們就把和室桌收起來，躺下來吧。】

「咦？」

「我們什麼交情了？沒什麼好害羞吧？快點，沒時間啦！」

春雪又被仁子拉扯頭髮，趕緊站起。他抬起和室桌，挪到謠指定的牆邊。然後照仁子、謠、春雪的順序，在空出來的空間躺下。

把謠準備好的毛巾毯，橫著蓋在所有人肚子上，就完成了準備。時間正好剩下十秒。

「喂，小春。」

被躺在謠另一頭的仁子叫到，春雪朝右側看去。

「不管是什麼樣的狀況，我們一定會救出你。所以你就別擔心了，把事情原原本本說出來吧。」

「……嗯。」

時間只夠他應這麼一聲。離三點還有兩秒，春雪與仁子以語音指令，謠則操作虛擬桌面，讓意識飛到虛擬世界。

「「直接連線！」」

6

春雪化為粉紅豬虛擬角色，潛行到楓子VR空間的瞬間，就和上次一樣發出了哀嚎。

「咿……咿咿咿咿咿！」

他是料到會出現在空中游泳的巨大鯨魚——名叫「塔拉薩」——背上，但春雪落地的地方，是架設在鯨魚背上的木頭棧板外圍邊緣，只要再往外一步，就肯定會在虛空中摔下。

春雪連連揮動雙臂，想保持平衡，結果就有一雙手從後伸來，用力一把抓住春雪尖尖的豬耳朵。春雪就這麼被抬到空中，隨即被柔軟的墊子包覆。

「不用怕的，鴉同學。我設定成就算摔下去，也會在一百公尺下方又傳送回鯨魚背上。」

聽到這幾句話，回頭看去，發現抱著春雪的，是這個VR空間的東道主楓子。她和上次一樣，作白襯衫搭配無框眼鏡的教師裝扮。這也就是說，籠罩春雪背上的東西不是坐墊——

不不不這裡是VRVRVR，春雪一邊在腦海中這麼默念，一邊回答：

「為……為什麼要設定成這樣呢……只要在棧板外圍弄個透明的屏障，讓人一開始就不會摔下去……」

「我從以前就很討厭3D遊戲的『看不見的牆壁』說。」

「這……這我也是討厭啦……」

春雪被楓子抱在懷裡，進行著這樣的對話，結果——

「哼～～？春雪，你看起來挺舒服嘛。」

「是……是啊，當然舒服……等等，呼哇！」

一看到說話的人，他立刻全身一震。

站在楓子右前方的，是一如往常穿著黑鳳蝶禮服的黑雪公主。她雙手將收起的陽傘當成劍似的戳在地上，露出只差一步就是極凍黑雪式微笑的微笑。

「哎呀，小幸要不要也來抱抱？」

聽楓子問起，黑雪公主哼的一聲撇開臉。

「我的虛擬角色可沒有楓子的那麼有軟墊效果。就算被我抱，也不會舒服。」

「咦……這是虛擬角色，不是可以自由設定……」

春雪做出這發言的瞬間，以神速伸來的左手拇指與食指，就從左右兩邊用力捏住他的豬鼻子。

「喂，春雪，把虛擬角色的胸部灌到比血肉之軀的自己大，這有多空虛，就算是男生也不是不能想像吧？」

「是……是的……」

春雪任由鼻子受到壓迫，頻頻點頭，周圍就傳來一陣嘻笑聲。

轉頭一看，同時潛行進來的謠與仁子身旁，Petit Paquet組的志帆子、聖實、結芽，以及千百合與綸，都面帶笑容地並肩站著，連平常一副酷樣的累、Pard小姐，以及水獺虛擬角色的晶，嘴角都露出笑意。

黑雪公主微微臉紅，從豬鼻子上放手，楓子就抱著春雪，走到塔拉薩背部的前方，將春雪放到設置在那兒的一張講桌似的桌子上。

這當中，又有新的虛擬角色陸續出現在ＶＲ空間。穿著黑西裝的鹿頭男性，是前日珥「三獸士」之一的Cassis Moose，紅禮服上有著豪豬頭部的女性，是同為三獸士的Thistle Porcupine，穿著紅色開衫上衣搭配迷你裙，像偶像明星一樣可愛的女生是Blaze Heart。

老派機器人虛擬角色是拓武，身穿平安貴族風直衣，戴著烏紗帽的面具虛擬角色是Trilead，而最後出現的……是身高約一公尺，身穿藍色長和服與黑袴的動物型虛擬角色。細長的身材與晶的水獺很像，但鼻尖比較細，也許是鼬鼠。

這是誰來著了……？正當春雪歪頭納悶。

鼬鼠擺動長和服的衣襬走到講桌旁，抬頭看向春雪，嘴角一斜，帶動右側的鬍鬚。

「哦？這就是你小子的ＶＲ虛擬角色啊。還挺可愛的嘛。」

「師……師範！」

春雪忍不住叫出來，但知道了以後仔細一看，就發現這長和服帶著點紫色的藍色，確實是矢車菊（Centaurea）的顏色。

黑暗星雲的最新進團員鈴川瀨利，理應是第一次出現在飛天鯨魚的背上，但她不慌不忙地轉過身去，目光在並列的眾人身上一個個掃過。

「喂，Crow，你不幫我介紹嗎？」

「啊……好……好的。呃，我想Rain和Pard小姐以外的日珥團員還有和Lead，應該都是第一次見到……這是今天加入軍團的Centaurea Sentry姊。」

喔喂咦！Cassis Moose與Thistle Porcupine在這麼一聲怪叫聲中，全力往後跳開，踏出了平坦的棧板。春雪一邊看著兩人從鯨魚光滑的側面滾落，一邊在心中默念「南無……」

等到日珥的兩人復活，事隔兩天後再度召開的軍團會議就開始了。

黑雪公主簡短地開場，接著發言權立刻交到春雪手上。由於這不是加速會議，能用的時間有限。對於Silver Crow所處的狀況，以及從白之王口中聽到的說法，他都必須極力以最簡短且正確的方式報告給大家。

春雪一瞬間閉上眼睛，先在腦子裡整理一遍，然後開始在講桌上說話。

七分鐘後。

春雪勉強說明完畢，最後補上幾句話。

「……呃，說到這裡才提這個也是挺怪的沒錯啦……但白之王提到的有關加速世界和特斯卡特利波卡的事情，可能有一部分或全部都是虛偽的。那些也許都是為了操弄我們而給出的假情報，我想大家討論時，腦子裡得先記住這一點……」

「嗯……你說得一點兒也不錯。」

上前來的黑雪公主，小聲慰勞春雪說：「Crow，辛苦了。」然後轉過身來。

「White Cosmos不可能會沒有任何企圖就白白給出情報。我們應該當作她的大部分發言，目的都在於操縱別人……但相對的，這些情報，和現階段我們所得到的情報之間，也找不到明確的矛盾啊……」

對於這句話，楓子與Pard小姐也微微點頭。

特斯卡特利波卡是用來結束世界的處決裝置。只要親身體會過那個巨人強大得遠超越其他公敵的力量，想必無法斷定白之王的說法只是虛張聲勢。

彷彿為陷入沉默的團員們緩解緊張，冒出了一個悠哉的說話聲。說話的是唯一並未參加作戰的Centaurea Sentry。

「特斯卡特利波卡……真沒想到那個燒個不停的滾球裡，有著這種東西啊。」

身穿和服的鼬鼠，一步步踱到講桌前，雙手抱胸說下去：

「但不管怎麼說，已經跑出來的東西也沒辦法弄回去吧？都這個節骨眼了，那傢伙是為了什麼而存在，已經不那麼重要了。現在非做不可的事情，不是解開加速世界的謎，而是救回被擄走的Crow吧？」

「……的確是這樣啊。」

第一個回答的，是前日珥的團員Blaze Heart。

她是號稱加速世界中前三名的偶像團體「太陽圈(Heliosphere)」的團員，外觀惹人憐愛，卻有著猛烈的熱血之魂，還曾經違反軍團間的休戰協定，跑來攻打杉並區。

前天的會議上，她也對黑雪公主宣告「我並不是已經原諒了妳讓Red Rider點數全失這件事」，所以想來她心中對於黑暗星雲與日珥的合併，應該還有著疙瘩，但Blaze並不將這些表現在態度上，繼續說道：

「我的最終目標，是痛宰白之王和她的那些手下，不讓震盪宇宙和加速研究社繼續在加速世界胡作非為，以及讓他們為過去所做的壞事付出代價。為了達成這些目的，我們絕對必須要有Silver Crow，所以我們趕快把他救出來，進展到下一階段吧！」

「就是啊！」

仁子一拳打在手掌上，讓自己身穿王子服裝的虛擬角色踏上一步。

「不管那個大傢伙有多強，也不能帶到正規對戰和領土戰爭裡面來。只要Crow回來，我們六……不對，是五大軍團就可以總動員，進攻白的領土，打得他們整個軍團瓦解。所以啦，接下來我們就專心討論怎麼救出Crow吧！」

這番話令人覺得當王的人果然不簡單，很能鼓舞聽眾，讓參加者們發出「喔喔！」或「好啊！」等等的應和聲。

等這些聲音平息，團員後方傳來冷靜的說話聲。

「既然這樣，基本方針就只有一個了吧。」

站起來的是拓武。他以冷靜中蘊含著熱情的語氣陳述意見。

「要以正攻法破壞特斯卡特利波卡會很困難。難保不會一個弄不好，反而讓Crow以外的人……也許會有很多人，都陷入無限ＥＫ。可是，那個巨人本質上很危險的這件事，對白之團來說應該也是一樣的。」

聽到這裡，貓耳虛擬角色千百合出聲說：「對喔！」

「只要解除馴服狀態就行了！這樣一來，特斯卡特利波卡就會連白之王的命令也不聽，也就有機會讓Crow逃脫了吧！」

「嗯，就是這樣。只是……」

拓武放低聲調，站在他身旁的Trilead替他說下去。

「要解除馴服狀態，就必須破壞拘束特斯卡特利波卡的『The Luminary』荊冠。但這次的荊冠不但足足有六個，而且我們應該要當作和印堤的時候一樣，施加了高熱無效與物理無效的強化……應該就是這麼回事吧。」

聽到這番話，參加者們低聲譁然。

的確，只要能夠破壞荊冠，特斯卡特利波卡就不會再聽白之王的命令。而且，照之前的例子來看，公敵擺脫The Luminary的支配後，至少會陷入三秒鐘左右無法行動的狀態。只要春雪用全速飛行，這時間足以讓他逃出重力攻擊的射程圈。

然而就如Lead所指出，要破壞經過「鐵匠」強化的荊冠並非易事。對印堤的一役，就是因為無法破壞荊冠，春雪才要以Omega流斬斷本體。物理和高熱都不管用的荊冠，到底該如何破壞呢？

「……電擊和冰凍，也不能保證有效啊。」

站在講桌右側，作教師裝扮的楓子這麼一說，就有幾個人深深點頭。

「既然這樣，答案就只有一個。只能用心念了。印堤那時候，就算想用心念去砍，光是接近，就會讓強化外裝或使用者自己被燒個精光，所以沒辦法用這招，但特斯卡特利波卡沒有印堤那種傷害領域。只要能夠以超高速接近，一擊破壞荊冠……」

「可是啊，Raker。」

鼬鼠跳上講桌，從長和服懷裡拿出迷你尺寸的菸管，當劍似的輕輕揮動。

「要用心念斬斷物理無效屬性的物件，可不像說起來那麼簡單。而且根據我聽說的情形，我們還得同時斬斷六個荊冠才行吧？這種功力的劍手，湊得出足足六個嗎？」

「這裡就有一個。」

黑雪公主立刻這麼說，將陽傘高聲往棧板上一插，眾人盯著她看。

「不……不行啦學姊！」

好幾個跟春雪這聲呼喊同樣意思的喊聲交疊在一起，最後由楓子以開導似的語氣叮嚀：

「Lotus，追根究底來說，這次的印堤攻略作戰，就是為了把妳從無限ＥＫ狀態中救出來。要是妳又陷入無限ＥＫ狀態，不就又回到原點了嗎？」

「不搞砸不就好了？特斯卡特利波卡的重力波攻擊我已經見識過，同一招我不會中第二次。」

「不——————行！六名攻擊手要從王以外的成員中選出！」

「唔……」

黑雪公主顯得仍不服氣，巫女型虛擬角色謠輕輕拍了拍她的手。被最年少團員安撫，相信黑雪公主也只能接受了。春雪鬆了一口氣，就聽到一個粗豪的男性嗓音說：

「這麼說來，『劍聖』……藍之王也不能算進去吧。」

發言者是有著巨大鹿角的鹿頭Cassis Moose。他以亮晶晶的黑色皮鞋，在棧板上左右踱步說：

「日珥本領最強的劍手是『靜穩劍（Tranquil）』Lavender Downer……但不確定她使不使得出足以斬斷物理無效的心念啊。至於其他軍團，最先想到的就是獅子座流星雨的『雙劍（Dualis）』、長城的Viridian Decurion、震盪宇宙的Platinum Cavalier……當然不能算數。再來就是……」

Cassis Moose雙手抱胸沉吟，豪豬頭的Thistle Porcupine就來到他身前。

「等等，眼前就已經有三個了吧！」

她的手指最先指向的，是帶著陶器質感面具的平安貴族虛擬角色Trilead Tetraoxide。聽她這麼一說，就覺得的確如此。Trilead擁有神器「The Infinity」與心念「天叢雲（Heavenly Stratus）」，儘管還沒有外號，但無疑是春雪所知的最強劍手之一。

接著Thistle指向的是——

荊冠破壞作戰的提議者拓武。

「咦……咦？」

看到拓武瞪大眼睛，Thistle以超高的聲調很快地說了一大串：

「我在今天早上的作戰，就看得清清楚楚。跟Crow借了劍來用的Pile，劍術超威的啦！你平常拿著打樁機噹噹噹地在打，但本行應該是使劍的吧！」

——我都忘了，輝明劍借給阿拓還沒拿回來。不知道現在到底怎麼樣了？

春雪正想著這樣的念頭，就聽到拓武急忙客氣幾句：

「不……不是的，我的本行是打樁的……心念也頂多只能做出劍來……」

「能這樣就夠了吧！」

Thistle斬釘截鐵地斷定，接著指向站在春雪身旁的鼬鼠虛擬角色。

「然後是妳！『劍鬼』、『阿修羅』、『Omega Weapon』——Centaurea Sentry！妳之前都跑哪裡去了，又是幾時加入黑暗星雲等等，我有一大堆問題想問妳，但如果只說劍的本領，妳肯定是整個加速世界最頂級的吧。也就是說，只要有這裡的三個人，再加上鈷錳姊妹和Decurion，就正好六個人了！」

「喔喔～」的歡呼聲中Petit Paquet組、千百合與綸都鼓掌贊同。的確，這個陣容應該辦得到……春雪是這麼想，然而——

「妳先別急。」

瀨利右手將菸管一轉，用銀色的火皿依序指向Lead與拓武。

「這兩個小子的本事，晚點我會看看，可是……雙劍和Decurion就讓人不太放心。」

「哦？這是為什麼？」

聽黑雪公主問起，鼬鼠輕輕聳肩。

「鈷錳姊妹不是『無限流』的劍手嗎？據我所知，Knight對心念是慎重派。即使會指導徒弟心念，也很可能停在第一階段啊。」

「……也是。畢竟Knight格外厭惡心念的黑暗面啊……」

黑雪公主說完，楓子與晶也點點頭。

接著瀨利對長城「六層裝甲」的第二席，也毫無忌憚地說出了意見。

「接著是Decuion……他的確是相當有本事的劍手，心念的水準應該也挺不錯。但他不太適合這次的任務。因為他的劍技和Green Grandee一樣，基本都是反制攻擊。」

「啊……」

楓子小聲贊同。瀨利點點頭，繼續說明。

「Decurion的劍技，是以左手的小圓盾為起點。擋了就斬，擋了就斬，打出這樣的節奏，施展出致命一擊。我可不曾看過他從第一個動作，就使出全力斬擊啊。」

聽即使在這眾多強者雲集的場合，都可能是最資深的Sentry這麼一說，沒有人能夠反駁。眾人都默不作聲，只有風聲微微響起。

過了一會兒，謠平靜地開了口：

「可是……除此之外，還有誰適任嗎？」

瀨利聽了，將尖尖的鼻頭朝向左。

「剛才這個鹿頭提到名字的Lavender Downer。雖然我不知道她是幾時進了紅之團……但第四個攻擊手，應該可以交由『靜穩劍』擔任。」

「妳……妳說什麼？那個文靜又低調的拉薇，竟然是比鈷錳姊妹和Decurion更有本事的劍手？」

Cassis發出驚呼，瀨利嘴角一揚地對他笑著說：

「怎麼，你喜歡她？」

「才……才不是！」

「是不是都好啦——如果你說的和我所知道的Lavender是同一個人，她跟鈷錳姊妹應該差了一個次元。近期內幫我引見——然後是第五人。」

瀨利的目光，朝向站在自己右側的楓子。

「以前待在極光環帶的那個螺絲小子……『有著史上最強名稱（Strongest Name）的男人』還活著嗎？」

聽到這個問題，楓子輕輕皺起眉頭。

「Strongest……妳是指紅釘？呃，記得前陣子，似乎是聽Lotus提過這名字啦……」

黑雪公主集眾人的視線於一身，以同樣尷尬的表情點了點頭。

「嗯……大概在半年前見過。我還以為他不知道在哪裡點數全失了，結果聽他說起來，是因為家庭因素，搬到很遠的地方。」

「原來是『搬家退隱』啊？畢竟無論是正規對戰還是獵公敵，實質上都只有在東京都二十三區與近郊才能進行啊……一般遇到這種情形，都會慢慢用盡點數，最後歸零，但紅釘半年前都還健在是吧？」

「唔。他收了一起住的親戚為『下輩』，還讓這個下輩也收了『下輩』，三個人一起腳踏實地地獵公敵。」

「哈哈哈，好耐命啊。真的很像他的作風。」

瀨利愉悅地大笑，春雪戰戰兢兢地對她問起：

「請問……你們說的紅釘兄，是怎樣的人啊？我總覺得好像在哪兒聽過『Strongest Name』這個稱呼……」

結果微笑著回答他的不是瀨利，而是站在更裡面的楓子。

「鴉同學，我們跟日珥開合併會議的時候，你不就跟一個名號很像的人打過？」

「咦……啊，是『Stronger Name』－Iodine Sterilizer兄！」

春雪不由自主地喊出來，然後回想起三天前的記憶。

「對喔，當時楓子師父就說過。說Iodine兄以前曾經和別的超頻連線者爭奪一個外號，結果打輸……還說就是因為打輸，才會變成『Stronger』。所以當時他們爭奪的名號就是『Strongest Name』……打的對象就是這個叫做紅釘兄的人？」

對於春雪的推測，楓子與瀨利同時點頭。但會議參加者當中，隨即有人發出疑問：

「可是，紅釘這個名字，一點最強的感覺都沒有耶～」

發言的是Petit Paquet組的由留木結芽——Plum Flipper。站在她右邊的三登聖實——Mint Mitten與站在左邊的奈胡志帆子——Chocolat Puppeteer，也都連連點頭。

她這麼一問，資深玩家群就發出了笑聲。等笑聲平息，站在她們三人身邊的Pard小姐就幫忙解說：

「紅釘是綽號。全名是『Crimson Kingbolt』。」

——好帥氣，還有聽起來好強。名字的最強感，和Iodine Sterilizer兄也許真有得一拚。

春雪正覺得想通，參加者前排正中央又有人開口。「可是啊……」說話的是作王子打扮的仁子。她踏響短靴，往前走上兩步，盯著桌上的瀨利看。

「我對這個叫紅釘的傢伙聽過名字。聽說在我發跡前，加速世界裡『遠程火力最強』的招牌就是他在扛？先不說這個說法的真假，火力最強不就表示他是槍砲系的？他會用劍嗎？」

「沒錯，問題就在這裡。」

從春雪看去，站在講桌左側的黑雪公主，也說出了同樣的疑問。

「我和紅釘有過幾次聯手和對戰的經驗，但他不管是自己單體，還是變成機器人，能力可全都點在遠程火力上。我一次都不曾看過他用劍。Sentry，妳是不是跟別人搞混了？」

「機……機器人……？」

瀨利不回答春雪的這個疑問，將菸管指向黑雪公主。

「喂，Lotus，別因為我說話老氣橫秋，就把我當老人看待。我哪裡會搞錯……紅釘他啊，當時可煩惱得很。」

「他……他很煩惱？那個悠哉螺絲男會煩惱？」

「只要是超頻連線者，任誰心裡都藏著煩惱吧？」

被瀨利以鄭重的口氣指出這點，黑雪公主緊抿嘴唇，放低了視線。

的確，瀨利說得沒錯。對戰虛擬角色，是以精神創傷為鑄模而創造出來的。因此超頻連線者每次加速，都將被迫面對自己脆弱的一面、醜陋的一面。無論虛擬角色多麼帥氣又或者美麗，都不例外。

瀨利朝著陷入沉默的眾人，靜靜地訴說：

「紅釘千辛萬苦，找到我在無限制中立空間裡的家，一直等到我出現。他對好不容易見到的我坦白說出了內心話——紅釘他啊，對於變成機器人時的自己，一直覺得有種『欠缺』。」

「欠缺……？明明有那麼強大的火力？」

「正是。照他的說法，日本動畫裡超級機器人的主武器，就應該是巨大的劍。無論配備多少雷射、飛彈、火砲之類的武器，沒有巨大的劍，就根本不好意思說自己是超級系。他說這話，說得流下了男兒淚。」

「…………………」

所有人再度陷入沉默。

足足過了五秒鐘後，黑雪公主朝楓子看了一眼。

「Raker，西南邊是哪個方向？」

「咦？呃……我把塔拉薩設定成朝正西方飛行，所以大概……是那邊吧。」

「謝了。」

黑雪公主轉身面向楓子所指的方向，深深吸一口氣，全身用力往後仰——

「有～夠無聊！紅釘你白痴啊！無——聊斃——啦！」

如此呼喊。

瀨利的這番話，讓所有人無力得站都站不穩，於是楓子在VR空間裡為每個人生成椅子，順便還發了飲料，於是會議繼續進行。

瀨利在講桌邊緣和春雪並肩坐著，從鼬鼠尺寸的茶杯啜了一口番茶，繼續述說Crimson Kingbolt傳說的後續。

「總之就是這麼回事，我也覺得無聊斃了，所以全力拒絕收他為徒，但還是傳授了他用心念把火砲轉變為劍的方法。強化外裝的形狀變化屬於第一階段的攻擊威力擴張心念，所以只要他不吝於投入時間和努力，是有可能自行學會。只是話說回來，我本來也認為他應該辦不到……但幾個月後，紅釘再次來到我家，施展他學會的心念。他把機器人的所有武裝變成一把大得像白痴一樣的劍，把『魔都』屬性的超硬大樓一劍劈成兩截。雖然緊接著，他就把能量計量表給用光，再也動彈不得，被一群心念引過來的公敵給痛扁了一頓……不管怎麼說，有那個威力，The Luminary的荊冠應該也砍得斷吧。而且既然是在無限制中立空間，只要多花點時間，就可以安全又確實地變成機器人……所以呢，第五個攻擊手就讓紅釘來吧。」

瀨利這段很長的故事說完，這次黑雪公主也以正經的表情點了點頭。

「原來如此……既然砍得斷『魔都』的大樓，聽來的確有希望。可是，很遺憾，他搬家是搬去沖繩，可沒辦法發個郵件就叫來。」

聽到這句話，眾人不約而同嘆了一口氣。

進入二〇四〇年代以來，就銜接各國主要都市的國際航線而言，以超音速在大氣層外飛行的太空客機已經頗為普及，但東京到那霸間的國內航線，還只有既有的噴射客機在飛。簡單搜尋一下，發現航班要飛兩個半小時，即使選低成本航空公司，往返也要將近兩萬日圓——黑雪公主說得沒錯，無論距離還是金額，都沒辦法隨便把人找來。

想到這裡，春雪想起了三個月前與Dusk Taker的激戰。

當時黑雪公主雖然因為參加教育旅行而去到沖繩，卻以在無限制中立空間移動這個令人意想不到的方法，在最終決戰趕來為他助陣。黑雪公主見到Crimson Kingbolt，肯定也是在教育旅行的途中。既然如此，有沒有辦法用一樣的手段解決呢？

「請問……請紅釘兄在無限制中立空間裡，一路移動到東京，這可行嗎……？」

春雪戰戰兢兢地提議，結果還站在講桌旁的黑雪公主就「嗯～」地沉吟起來。

「我也想過同樣的事情……但如果從沖繩過來，說什麼也得渡海，而且即使去到九州，如果要一路走到東京，就不只是幾天，得花上幾個月了……」

「請他像Cavalier那樣，馴服可以飛的公敵如何？」

楓子的意見，讓黑雪公主再度沉吟。

「沖繩戰區的確也有可以騎乘的飛行型公敵，但要馴服，就得用上稀有的強化外裝。我是有一個，所以由我準備好飛行公敵過去接他也不是不行，但往返得花上三十個小時，而且路上也會有鳥型公敵跑來攻擊。雖然幾乎都是小獸級(Lesser)，所以如果只有一隻是應付得了，但如果一次遇上很多隻，就連高等級玩家也有死掉的危險。」

「請問……」

這時舉手的，是身上皮夾克上打了一大堆鉚釘，下身的破洞牛仔褲到處開著大洞的綸。她以和一身龐克行頭很不搭調的畏縮語氣回答：

「這次的作戰，其他四個軍團，也會……提供協助吧……？」

聽到這個問題，黑雪公主與楓子對看一眼，同時點頭。身為綸「上輩」的楓子回答：

「應該是。總不會說只要自己得救，最大功臣鴉同學怎樣都無所謂……我想就連Yellow Radio也不會這麼說。」

「既然這樣，由所有軍團一起負擔紅釘兄的旅費……可行嗎？就算包含食宿費用要三萬圓，只要有一百個人出，一個人就只要出三百圓……如果是這樣的金額，用零用錢也出得起……吧……？」

「嗯～這……話是這麼說沒錯啦。」

楓子雖然點頭，但難得以吞吞吐吐的語氣說下去。

「上個月，在討論東京中城大樓攻略作戰的時候，也有人提議要在現實世界，入住位於同棟大樓高層的旅館客房，然後從那裡潛行到無限制中立空間……說到這個，當時住一晚的價錢是不是也是三萬圓？不過，結果這個意見並沒有被採用。用現實中的金錢來解決加速世界的問題，以及軍團從團員身上徵收哪怕只是小額的金錢，還有用加速能力來賺取現實中的金錢，這些從以前就被視為禁忌啊……」

「也是啦，畢竟不管多資深，本領多高強，虛擬角色底下都只是個國小或國高中生啊。」

聽瀨利這麼說，眾人深深呼氣。

「當然超頻連線者之中，從以前就有人企圖用加速能力賺零用錢，但幾乎都招來了不幸的結果。雖然很遺憾，但也許最好還是放棄讓紅釘擔任第五人啊……」

——要是我能飛就好了。

春雪不由得這麼想。

陷入無限ＥＫ狀態的就是春雪，所以這個假設完全沒有意義，但如果自己能夠在無限制中立空間的空中飛行，就算會歷盡千辛萬苦，也會一路飛到沖繩，揹著Crimson Kingbolt一起回來。即使飛行特殊能力的計量表耗盡，他也會用心念的力量和梅丹佐給他的翅膀，一次都不落地，飛完這單程一千五百五十公里的距離……

「啊……」

這個念頭，讓春雪小聲驚呼。身旁的瀨利、黑雪公主與楓子都看了過來。

春雪依序看著她們三人的臉，說到：

「沒有，這個……我是想說，如果是梅丹佐，要往返沖繩大概也不難吧。之前她跑去富士山，就說得好像只是小小去一下……」

「梅丹佐？」

瀨利在鼬鼠臉上露出狐疑的表情。

「團員裡有這樣的虛擬角色名稱？」

「啊，對喔，師範還沒見過啊。我說的不是超頻連線者，是芝公園地下大迷宮的最終頭目

──『四聖』梅丹佐。發生過很多事，現在她是黑暗星雲的團員。」

「…………………」

瀨利微微睜大雙眼，沉默了兩秒鐘左右之後，輕聲微微一笑。

「原來如此，這樣很多事情就說得通了。Crow，你小子原來是『契約者』啊……」

「契……契約者……？那是什麼？」

「現在這不重要。總之……你能把四聖梅丹佐的本體，召喚到無限制中立空間吧？既然這樣，不必特地請她去接送人，讓她當第五人就可以了吧。」

聽瀨利這麼說，楓子、黑雪公主與其他團員們都一片譁然。春雪也不由得一瞬間啞口無言，然後才趕緊連連搖動雙手。

「不……不，可是，梅丹佐又沒有劍！還有我也不覺得她會用心念……」

「劍我借她。而且，既然是四聖級的公敵，只要她有這個意思，應該施展得出相當於我們第三階段心念的攻擊。因為她和Highest Level是相連的嘛。」

「…………！」

春雪尖銳地倒抽一口氣，緊接著過去的某個場面在腦海中甦醒。

禁城內，Graphite Edge為他講授第三階段心念時，一起在場的梅丹佐就說過。說所謂的第三階段，就是直接干涉Highest Level的資訊。

既然能夠看破運作邏輯，也就有可能實際使用……也許吧。可是，如果要請梅丹佐擔任攻擊手，就另有一個重大問題。

「呃，這個……」

春雪一邊下意識地避免連上「連結」，一邊說起：

「梅丹佐在與白之團的戰鬥裡，失去了核心以外的所有資料……現在借用Raker師父的『楓風庵』，進入完全休眠狀態來修復。如果我呼喚她，她應該會醒來，但如果可以，在她修復到百分之百之前，我不想叫醒她。」

「唔嗯。」

陷入思索表情的瀨利正要說話，黑雪公主就斬釘截鐵地宣告：

「Crow，我的心意也跟妳一樣。畢竟梅丹佐好幾次拯救我們軍團的危機啊……哪怕是為了救出你自己的作戰，我也不想再讓她拚命了。」

「……是！」

春雪深深點頭，瀨利就再度問起：

「Crow，你說的修復，預計什麼時候完畢？」

「咦？呃……昨天傍晚，她說再過三天……我想大概就是到明天傍晚左右吧……」

「搞什麼，這樣不就沒問題了嗎？反正作戰執行的準備工作，也差不多要花上這樣的時間。」

「啊……」

聽她這麼一說，就覺得的確完全是這麼回事。要聚集六名攻擊手，討論作戰細節，準備好支援體系，就需要和其他軍團協調，絕對不可能今晚就突然展開行動。明天晚上能出發，都還算是快的了。

春雪連連點頭，瀨利就輕輕點頭回應，在手中轉了轉菸管。

「既然這樣，第五個攻擊手，應該可以由四聖梅丹佐擔任吧。總算討論到最後一個了……不過這個人選，想也知道是那傢伙吧。」

換做是平常，春雪會脊髓反射式地問出「那傢伙是誰」，但這次他也猜了出來。因為提到加速世界的劍手，第一個應該想到的人物名字，到現在都還沒有人提到。

黑雪公主與楓子似乎也早就料到會提到這個名字，同時嘆了一口氣。兩人沒有要開口的跡象，所以春雪打算自己對答案，但正對面右側有個聲音快了一瞬間。

「也就是我師父……『矛盾存在』Graphite Edge，是吧？」

Trilead這麼問起，瀨利「哦？」的一聲表露出驚訝。

「Graph除了Lotus以外，還收了別的徒弟啊？你叫Trilead是吧……也就是說，你使的也是『明陰流』了？」

「不……」

Trilead讓白色面具微微低垂，輕輕搖了搖頭。

「我無法駕馭好二刀。」

「唔？明陰流也有一刀流？」

「是，師父也是這麼說，但畢竟二刀流才是明陰流的神髓。我是打算鑽研一刀流的劍技。」

「唔，原來如此。不管怎麼說，既然是這樣，相信再怎麼說，Graph也不會拒絕擔任攻擊手。畢竟徒弟都為了救他徒孫而拚命了。」

——徒孫？

春雪正要歪頭納悶，隨即發現指的就是自己。Graphite Edge的二刀流劍技明陰流，由黑雪公主繼承，而自己就是黑雪公主的「下輩」兼徒弟，所以必然也就是Graphite Edge的徒孫。但這樣說來，春雪要學明陰流，是不是也非得裝備二刀不可呢？

春雪朝黑雪公主瞥了一眼，但她仍緊閉著嘴唇的側臉，浮現出像是看向遠方——說不定是看向遙遠過去的表情，讓春雪不敢找她問起。

「然而——」

聽見Trilead說話，春雪將意識拉回正前方。

「要委託我師父擔任攻擊手，就和梅丹佐一樣……不，也許必須解決更加困難的問題。」

「……是什麼問題？」

Trilead揮開一瞬間的猶豫，腰桿挺得筆直，說道：

「Graphite Edge現在，被困在禁城內。」

7

春雪從完全潛行中醒來，茫然看著陌生的木製天花板，心想這裡是哪兒……但他隨時想起這裡是謠的房間，輕輕呼一口氣。

現在時間是……午後四點八分。算來會議開了一小時出頭，但春雪有種大概潛了三倍時間的感覺。不，VR空間是設定成待在飛天鯨魚背上，所以潛這個說法並不適當。而且為什麼進入虛擬世界要叫做潛行呢？世界上第一個用這種方式來描述的人是誰呢……

春雪正茫然想著這樣的念頭，躺在右側的謠，就在毛巾毯上動了動雙手。

【UI＞鴉鴉。】

不是稱「有田學長」，是稱「鴉鴉」。等了幾秒鐘，謠仍然不繼續打字，於是春雪輕輕把頭轉向右邊。

結果隔著聊天視窗看見的謠，朝向天花板的眼眸中有著茫茫的光，以平常少見的緩慢速度打出話語。

【UI＞你還記得，跟我一起進入禁城時的事情嗎？】

「……嗯，當然記得。」

他不可能忘記。當時Ardor Maiden被封印在由四神朱雀鎮守的禁城南門，而執行救出作戰是在六月，記得是在十八日。春雪還靠了Sky Raker幫助，以當時的極限速度，衝向通往南門的大橋，成功地接到了準時出現的Ardor Maiden，但說什麼也甩不掉從後方窮追而來的朱雀，只好一路衝進南門之中。

那就是他第一次闖進禁城，春雪在那兒結識了Trilead Tetraoxide，知道了許多事情。這件事已經過了一個月以上，但只要閉上眼睛，「平安京」屬性下，禁城內苑飄散的楓葉色彩，仍會清晰地在腦海中復甦。

謠彷彿在等春雪喚醒記憶，在聊天視窗中顯示出新的文字。

【UI＞我在那裡，讓鴉鴉看到了，第四象限的……破壞的心念。】

「嗯。」

這點他也記得很清楚。為了擊破強大的衛兵公敵，謠發動了將地面化為岩漿池的可怕心念。對於那一招，謠說……

「……那是對四神玄武專用的招式……妳是這麼說的吧。」

【UI＞是。以全力使出那招的時候，終於來了。】

春雪看見謠打出這句英勇話語的雙手，像在鼓舞自己似的緊緊握住。

沒錯。今天晚上十點，黑暗星雲將連同其他各大軍團的援軍，挑戰禁城北門的四神玄武。任務的目標終究只是救出被困在禁城內部的Graphite Edge。也就是說，他們不必擊破玄武，只要絆住玄武，讓牠在Graph過了橋之前都無法行動就行了。當然這也並非易事。玄武的龜殼據說有著四神當中最高的防禦力，連號稱加速世界最強劍士的Graph手中雙劍「Lux」與「Umbra」，都砍不進去。

因此，對玄武戰的主軸攻擊手，就決定由花了許多時間開發對玄武專用心念的謠來擔任，然而——

謠在禁城發動了第四象限的心念後，承受不住精神負荷而倒下。這次需要的招式威力與範圍，都不是當時所能相比。這會對謠的心造成多大的負荷，他甚至無從想像。

春雪想幫助她。想站在施展強大負面心念的謠身邊，卯足所有正向心念支援她。但他辦不到。春雪已經在東京城堡樂園陷入無限EK狀態，所以無法參加玄武攻略作戰。

春雪受到前所未有的無力感與焦躁感侵襲，用力握緊了毛巾毯。

所謂無限EK，就是這麼一回事。在加速世界本質所在的無限制中立空間，無論同伴們要挑戰多麼艱鉅的目標，自己都無法參與。謠被封印在朱雀門時，晶被封印在青龍門時，黑雪公主被太陽神印堤吞沒時，相信也都有著同樣的心情。

到了這個時候，春雪才真正透過感覺，而非用腦子去理解，自己所處的狀況是多麼重大的危機。

在明天深夜，最晚也是在後天早上，將要進行救出春雪的作戰。一旦這個作戰失敗，白之團多半也將做出某些因應措施，要擺脫無限ＥＫ將會變得相當困難。也許會在現實時間中長達幾週或幾個月……搞不好會像謠與晶那樣，好幾年都無法進入無限制中立空間。雖然能夠進行正規對戰，也能參加週末的領土戰爭，但無論想和同伴們一起獵公敵、看著美景天南地北地聊，或是在沒有戰區界線的加速世界天空自由遨翔，都將辦不到了。

而且，當然也無法再和伙伴們一起出生入死。

就在他太懊惱，太害怕，眼淚就要滲出的時候。

「喂，春雪也過來啦。」

聽見這個小小的說話聲，春雪看向右側。

結果看到躺在謠另一邊的仁子，用右手摟住謠的身體，牢牢將她抱得貼在自己身上。

「呃……呃……妳說過去……」

「跟我一樣這麼做就好了！」

春雪還在遲疑，但仁子是黑暗星雲的現任副團長，謠也什麼話都不說。於是他下定決心，往右翻轉九十度，讓左手和仁子的右手交錯，碰到謠肩上。

結果手掌傳來一股輕微的震動。

她在發抖。體重連春雪一半都不到的小小身體，就像冰塊似的冰冷、僵硬、戰慄。先前謠握緊雙手，並不是為了鼓舞自己。她是想止住顫抖。

從回歸黑暗星雲的那一刻起，四埜宮謠就一直扮演著軍團精神支柱的角色。無論什麼時候都面帶微笑，以冷靜的態度與溫暖的言語鼓勵團員，帶給團員勇氣。

可是，她還只有十歲。雖說高等級的超頻連線者，實際年齡和精神年齡往往有著很大的差距，但這並不表示感覺變得遲鈍。即使能夠當成知識，學會忍受恐懼的方法，也並不表示恐懼本身會消失。

謠在約三年前和四神朱雀交戰並落敗。這個記憶想必還鮮明地留在她腦海中。一旦今晚的四神玄武攻略作戰中，謠的心念攻擊失敗，那麼也可能不只是謠，還會有許多同伴也都陷入無限EK。這沉重的壓力，讓她嬌小的身體劇烈顫抖。

相信謠也會有想說喪氣話，想向別人求救的時候。但無論在加速世界還是現實世界，能夠承接她的「上輩」——親生兄長四埜宮竟也／Mirror Masker，都已經不在了。他收謠為「下輩」的短短一年後，就被牽連到設置於能舞臺「鏡之間」的大鏡翻倒意外中，在謠眼前喪失了性命。從那一天起，謠就失去了說話的聲音。

聽說竟也比謠大四歲。也就是說，如果他還活著，就是國中二年級，和春雪同年。但春雪無法代替竟也。這種時候，竟也能給謠的，春雪連一樣都給不了。

即使是這樣——

春雪還是往放在謠肩上的手，灌注了少許的力道。隔著浴衣布料碰到謠的身體，她明明才剛泡完澡，摸起來卻顯得冰涼。春雪想至少要把體溫分給一直發抖的謠，從全身聚集能量。

「我說啊，小謠。」

忽然間，在另一頭緊貼著謠的仁子輕聲開口了。

「今晚的作戰，主攻手的確是妳啦……可是不管是別人給的壓力，還是自己的壓力，妳不用什麼都自己一個人扛起來的。太重的東西儘管交給周遭的人幫忙扛就好……能做到這點，才是所謂的好軍團，不是嗎？」

的確就如她所說。

被災禍之鎧寄生時，春雪就想獨自扛起這一切。然而拓武、千百合、黑雪公主、楓子……還有謠也朝他伸出援手，陪他一起支撐住鎧甲的沉重負擔。

「我也……我也會一起背負。雖然我沒辦法參加玄武攻略作戰……可是，我會從現實世界，把力量送給加速的四埜宮學妹……」

當然了，在BRAIN BURST的系統上，即使兩人直連，春雪也無法對身在無限制中立空間的謠做出任何支援或干涉。連說話聲音都送不到。然而，相信也有些事物，一定能夠超越系統的限制而傳達給她。他這麼相信。

謠在毛巾毯下與他緊貼的身體，漸漸恢復了溫度，顫抖也逐漸平息。一直緊握的雙手鬆開，碰上只有謠看得見的投影鍵盤。

暫時消失的聊天視窗顯示出來。

【UI＞仁子學姊、鴉鴉。】

就在櫻花色的字體組出這行字的時候。

三人聽見俐落的敲門聲，看向拉門。春雪心想會不會是鹽見婆婆，急忙想從謠身邊分開，但對方快了一步。

咚的一聲，拉門被拉開，大步走進來的人，低頭看著躺在榻榻米上的三人大喊：

「我就知道是這樣！」

「咦……學……學姊！」

春雪忍不住喊出來，而探頭到他頭上的，就是今天早上才在有田家玄關送走的黑雪公主本人。而且連楓子也在她身旁探頭。

「連……連師父也……為什麼？」

楓子聽了後微微一笑，說道：

「是謠謠聯絡我和小幸，說留鴉同學和仁子在家過夜。」

春雪把頭往右一轉，還躺著的謠刪去聊天視窗裡的第一行字，打出新的文章。

【ＵＩ＞從今晚到明天，會有連場重大作戰，所以我想說應該讓她們知道兩位的所在。可是，為什麼連小幸和楓姊都跑來我家呢？】

「因為監督團員素行是否良好，也是軍團長的職責啊。」

「素……素行……」

春雪喃喃複誦，楓子不改臉上的微笑——

「鴉同學，我認為現在這個狀況，不折不扣是亂了風紀呢。」

的確，他和謠與仁子共蓋一件毛巾毯，而且緊貼在一起，處在這種狀況下，無法做出任何辯解。而且走廊上更傳來想必是鹽見婆婆的一陣有氣質的腳步聲，讓春雪急忙起身，攤開拿來當枕頭的坐墊，跪坐坐好。

緊接著，拿著托盤的鹽見婆婆從門口現身。她對這不可思議的狀況瞥了一眼，輕輕動了動眉毛。

「謠小姐，這位小姐我記得幾年前見過一次，所以請她進來。倒是她似乎認識這邊這位少爺和小姐，不知道幾位之間是什麼關係？」

也難怪她會這麼想。小六的仁子看上去還勉強和謠同年代，但春雪是國二男生，黑雪公主國三，楓子更是已經高一。他們看上去不存在任何共通點，而且總不能說出BRAIN BURST的事。

「謠小姐平常甚至有點太乖巧，所以我也不想太囉唆，但畢竟老爺他們是把家裡交給我這個老媽子。」

聽鹽見婆婆這麼說，春雪等四人都呆住了，謠則先整理好浴衣的衣襟，在坐墊上跪坐坐好，微微一笑，動起手指。

【UI＞婆婆，他們是我很重要的】

但游標只到這裡就停住。鹽見婆婆脖子上也戴著高雅的藤花色神經連結裝置，所以應該看得見聊天視窗。

謠左手輕輕一揮，消掉投影鍵盤，雙手放到大腿上。

她挺直腰桿，深深吸氣。

嘴唇小小痙攣，笑容消失的臉開始扭曲，一次又一次難受地呼吸著。

「小姐！」

鹽見婆婆驚呼，就要跑向謠。但謠迅速舉起左手制止。接著用這隻手按住自己的胸口，拍了一兩次，就像要把卡在喉嚨的東西拍出來似的。

「謠謠……」

楓子也發出沙啞的呼喚，但不靠過去。仁子，還有黑雪公主，也都以正經的表情看著。

謠咬緊牙關，眼角滲出的淚水，滑落到浴衣膝上。

春雪認識謠後，也曾查過失語症是什麼樣的疾病。

一般而言，因為精神受到創傷而造成失去言語能力的症狀，似乎是稱為心因性失聲症。相對的，運動性失語症則是因為腦的語言中樞受到損傷而發生的高度腦功能障礙，所以謠因為親眼目睹兄長竟也死亡造成的衝擊，導致說不出話來，這樣的症狀似乎像是前者。

然而聽說也有極少數案例，是因為太強大的精神壓力，造成腦部受到實質損傷所引起。謠的情形，是甚至動用了ＢＩＣ來進行治療，但多半在檢查中發現了實質的損傷。也就是說，謠的失語症，不是能夠靠當事人自己的意志來克服的障礙。相信謠自己比別人都更明白這一點。

但謠卻不停止想出聲說話的嘗試。

她雙手在大腿上緊緊握住，上身往前傾，反覆著急促的呼吸。她要以無聲方式詠唱加速指令，都已經相當難受，現在更不是詠唱指令所能相比。淚水與汗水交雜的水珠，一滴滴落在小小的拳頭上。

——已經夠了啦！

春雪拚命吞下幾乎就要脫口而出的喊聲。

感覺上長了好幾倍的時間，過了十秒，十五秒……然後。

「……朋…………」

聲音很無力，幾乎要輸給隔著玻璃窗聽見的蟬鳴聲，但又確切地發了出來。聲音和在加速

世界聽見的說話嗓音幾乎一樣，但更溫和，更通透──

「……朋，友……」

將一個個音節從丹田擠出後，謠就精疲力盡似的垂下頭，用雙手支撐身體。

她花裡幾秒鐘調整呼吸，然後將腰桿撐得筆直，手碰上投影鍵盤──

【ＵＩ＞就是這樣！】

強而有力地打上這幾個字。

這串字明明可以看得清清楚楚，聊天視窗的外側卻多了一層朦朧的虹彩，讓春雪連連眨眼。水滴沿著臉頰滴落的感覺，讓他總算發現自己的眼眶裡滿是淚水。

他用左手擦了擦眼睛，抬頭一看，鹽見婆婆也雙眼連連眨動。她緩緩點頭，露出充滿慈愛的笑容──

「……這樣啊。」

她只說了這句話。隨即走向牆邊的和室桌，把裝了冷茶的玻璃杯，從雙手的托盤上端到桌上，然後站起。

「還請各位慢慢聊。」

等鹽見婆婆隨著這句話退出室外，再也聽不見她的腳步聲，這一瞬間。

「謠謠！」

楓子用尖叫般的聲音大喊，以滑壘似的姿勢撲向謠。她靈活地讓身體倒轉過來，自己待在下方，用力抱緊了謠。謠伸向空中的手掙扎著敲打鍵盤。

【UI＞楓姊，我邀窒希了】

看到這串文字，春雪、仁子與黑雪公主，不約而同露出哭中帶笑的表情。

這天晚餐，是鹽見婆婆準備的壽喜燒。

本來鹽見婆婆的工作，只需要準備謠一人份的晚餐，打算在下午五點下班回家。但今天她加班一小時備妥了五人份的食材。春雪等人當然也去幫忙，但鹽見婆婆的手法實在太俐落，他們幫不上什麼忙。

五個人圍著一鍋，熱鬧地用完餐，收拾完畢之後，黑雪公主與楓子一起入浴。黑雪公主穿著黑底波浪紋的浴衣，楓子穿著白底搭配藍色麻葉圖樣的浴衣回來，於是從晚上七點三十分起，就是做功課的時間。

仔細回想，就發現春雪暑假第一天的二十一日，是在黑雪公主家過夜，二十二日在有田家，盛大舉辦了春雪的送行會，而且瀨利、綸與黑雪公主都留下過夜，而今天則是跑來謠家過夜。下次見到千百合時，多半會被她說「才剛放暑假，也玩得太兇了！」所以至少得把功課進度超前才行。

所幸每次一遇到難題，嚴格說來比較擅長理科的黑雪公主，以及嚴格說來比較擅長文科的楓子，就會給他適切的提示，讓他今天也得以做完超過進度的分量。

年長組除了順手幫助年少組做功課，同時還以很快的步調，逐一消化自己的功課。但由於若把自己逼得太緊，可能會讓疲勞影響到接下來的重要作戰，所以做功課時間到九點三十分就宣告結束。

離四神玄武攻略作戰開始，還有三十分鐘。

眾人喝著楓子與謠泡的茶，吃著黑雪公主帶來的馬卡龍，先補充好能量，然後再度收拾起和室桌，把棉被鋪到榻榻米上。這是六個榻榻米大的房間，所以頂多只能鋪兩床，但要潛行的是四個女生，所以不成問題。

春雪想到這裡，對謠說聲「我就借用椅子喔」，就要坐到書桌前的木製凳子上，等到所有人回來為止。然而——

「春雪也在這邊睡不就好了？」

黑雪公主這麼一說，其他三人也點了點頭。

「咦……可是這樣會很擠，而且我沒辦法參加作戰……」

「這是心情問題啊，鴉同學。一想到被你坐在那裡看到我們加速時的表情，就沒辦法鎮定下來好好打。」

聽楓子這麼說，仁子與謠都重重點頭。

「沒錯沒錯。正因為不參加，在現實世界更要待在一起。」

【UI＞黑暗星雲裡沒有地位高低的隔閡！】

被眾人接連這麼說，春雪也無法堅拒。他只好離開凳子，靠近四個女生所坐的棉被。

「那……那我就在這邊邊……」

為了盡量不侵蝕可用空間，他在身體大概會有一半蓋不到的位置躺下，緊接著。

仁子以媲美對戰虛擬角色的身手從春雪身上跳過，大喊一聲「嘿！」撞了過來。春雪反射性地抬起身體，仁子立刻以強得令人意想不到的力量將他翻了好幾圈，讓他滾到並列的兩床棉被正中央。

「小謠，固定好妳那邊！」

【UI＞好的！】

這樣的對話剛結束，春雪就被右側的仁子與左側的謠猛力撞來，再也動彈不得。

春雪瞪大眼睛，仁子與謠開心地笑著。年長的兩人以像是拿他們沒轍的慈愛表情看著他們，但黑雪公主隨即拍了拍手。

「好了，到作戰開始五分鐘前了。謠，這個房間裡有家用伺服器的接孔嗎？」

【UI＞有的，在櫃子最下層。】

四埜宮家是即使被區公所指定為有形文化遺產也不為過的傳統日式家屋，但似乎還是智慧家居化到一定程度，櫃子最下層裡裝有一台有著整排XSB插孔的小型機器。黑雪公主從自己的包包裡，拿出五條稍長的XSB傳輸線，先用實體傳輸線連接自己的神經連結裝置和家用伺服器接孔，接著以串連方式，連結其他四個人的神經連結裝置。這樣一來，只要黑雪公主的神經連結裝置從全球網路斷線，其他四人也就會同時斷線。這是進入無限制中立空間時，一定要做好的限時斷線保險措施。

「計時器我是設定在內部時間的三小時後。也就是說，不管作戰拖得多久，現實時間十八秒後，所有人都會斷線。」

黑雪公主這麼說完，一邊在仁子右側坐下，一邊看向春雪。

「當然了，實際上我不打算花到十秒……不打算花到足足三小時。春雪，你就相信作戰會成功，等我們回來吧。」

「……好的！」

春雪這麼一回答，黑雪公主就笑著點點頭，在仁子身旁躺下。楓子也躺到謠身旁，所有人一起等著晚上十點來臨。還有四十秒……三十秒。

「喂，春雪，你可別跟著無限超頻進來啊。」

被緊貼在右側的仁子這麼說，春雪出聲抗辯：

「我……我哪可能這樣！我連進去就會死掉啊！」

「因為你很浮躁嘛。」

緊接著兩側傳來笑聲。往左一看，謠的嘴上也露出大大的笑意。

剩下十五秒。

「小梅，加油。」

春雪輕聲這麼說，謠不改臉上的笑容點點頭。

「好，仁子、謠、楓子，我倒數三秒，一起潛行。」

黑雪公主收起笑容，以鎮定的聲調下令。

一聽到她這麼說，春雪心中再度湧起強烈的焦躁感。

有沒有什麼辦法，可以支援謠……支援參加玄武攻略作戰的所有成員呢？除了在現實世界祈禱以外，有沒有什麼自己做得到的事呢？

「倒數，三、二、一……無限超頻！」

四人同時——只有謠是以無聲方式——唸出加速指令。這一瞬間，一個可能性化為火花在春雪腦海中爆開。

也許……真的有。有方法可以讓無限制中立空間下，被封印在東京城堡樂園的Silver Crow，對玄武攻略作戰提供協助。

春雪比四人晚了一秒，也跟著呼喊。

「超頻連線！」

8

春雪以粉紅豬虛擬角色的模樣，強有力地跳到了通透的藍色起始加速空間。

他彈跳一次之後站起，朝後看去。黑雪公主、仁子、春雪、謠、楓子，閉上眼睛躺在並排鋪好的兩床棉被上。

無論無限制中立空間，還是起始加速空間，時間的加速倍率都一樣是現實世界的一千倍。然而春雪的加速晚了一秒，所以黑雪公主等人比他先行了約十七分鐘。眾人應該會花些時間在禁城附近集合，並確認作戰細節，所以想來作戰應該尚未開始，但他沒有時間悠哉地發呆。

春雪想了一會兒，穿過拉門，出了謠的房間。他以粉紅豬的短腿，拚命地跑過長長的走廊，從玄關去到外面。

四埜宮家屬於一個頗有歷史，叫做觀世流的能樂師家系。廣大的私有地裡，設有正式的能舞臺。春雪一路跑到舞臺前，在入口一鞠躬，然後進入建築物。

能舞臺的結構，是有一條叫做「橋」的走廊，連接「主舞臺」與「鏡之間」。春雪進入的，是屬於後臺的鏡之間。起始加速空間原則上是由公共攝影機拍到的畫面來建構，但公共攝影機拍不到的範圍，也會根據神經連結裝置內建攝影機過往所捕捉到的畫面來製作場景，並對細節推測補完。

鏡之間儘管顏色是清一色的藍，但以前看過一次的現實世界內部裝潢，幾乎都完美重現出來。四公尺見方的木造房間。左手有著通往主舞臺的出入口，右手邊有著服裝室的門，而正前方——有著高度將近兩公尺的巨大鏡子。

春雪走上幾步，站到鏡子正前方。

三年前，這鏡子曾一度破裂。鏡子壓在謠的兄長，同時也是她「上輩」的四埜宮竟也身上，銳利的碎片割破竟也的身體……奪走了他的性命。從這一瞬間起，謠失去了言語，據說以往都是淡紅色的Ardor Maiden綺裝，變成了深紅色。

鏡子在起始加速空間內，也有著鏡子的功能，清晰地照出了春雪的虛擬角色。春雪從正面凝視豬造型的自己，對也許待在鏡像背後的人物呼喚。

——竟也兄……Mirror Masker。你留下了多少遺憾，我無從想像。

——我無法代替你。我無法代替你，去療癒謠學妹的痛苦。可是……我想幫助她。這份心意是真的。

——謠學妹正要面臨多半是她當上超頻連線者以來，最艱辛……多半比三年前的四神朱雀戰更艱辛的戰鬥。原因很簡單，因為謠已經知道四神有多可怕。明知對方是曾讓自己陷入無限EK的那種太強大的敵人，卻還要去挑戰。就為了我。為了救出被白之王擄走的我。

——所以，我也想幫助謠學妹。只要一點點就好，我想帶給她幫助。如果你的心還留在這裡……還請引導我。

春雪朝著Mirror Masker這麼祈求，然後粉紅豬虛擬角色緩緩坐下，左手在前，右手後收到腰間，握緊了黑色的蹄，集中精神。

讓鈴川瀨利／Centaurea Sentry復活時，春雪就用這個方法連上了Highest Level。但當時，他只成功地連上了一瞬間。這次，一瞬間是不夠的。過去他要完全移轉到Highest Level，不是靠梅丹佐幫助，就是得在無限制中立空間空揮十小時以上，才有辦法實現，現在他必須從這起始加速空間，憑自己的力量實現。

超越極限的專注。這就是打破世界之壁的關鍵。

要專注到極限，讓白之王稱為「光方」的，春雪的思考用量子迴路承受過大的負荷。

瀨利那次，春雪揮出的拳頭，只微微接觸到了世界之壁。這次，他必須打破障壁。

沒有時間讓他一次又一次地嘗試。如果第一拳沒能打破障壁，之後再揮多少拳，多半都是一樣的。如果像在無限制中立空間那樣揮上十幾個小時，也許去得了，但到了那個時候，玄武攻略作戰多半已經結束，何況在起始加速空間本來就只能待上三十分鐘。

專注。

專注。

專注……

春雪維持右拳後收的動作，拚命試著提升專注力。

結果耳裡忽然聽見有人說話的聲音。

——是光。

——要去感受你心中存在的光。就像你從末日之神所發出的黑暗之下，保住了謠和其他人的時候那樣。

——光方與主視覺化引擎裡，有著被封住的光子持續永恆搖動。只要能夠感受這些光，和這些光融為一體，你就能夠去到新的境界。去到比心念更進一步的境界。

光……

春雪不出聲地自言自語，閉上了眼睛。

他創出心念「光殼防禦」時，以為是從系統賦予Silver Crow的光屬性當中找出的。然而，那種光明是否並非存在於對戰虛擬角色，而是存在於春雪自己心中呢？搞不好……每個超頻連線者心中，都有著同樣的光明？

光。

專注……光。要讓意識專注，和光融為一體。不是要對光方施加負荷，而是要融合。

春雪透過Omega流祕奧義的「合」，和世界，也就是和「外」融合了。

透過第二階段心念「光殼防禦」，和自己的意識，也就是和「內」融合了。

同時進行這兩者。外——主視覺化引擎。內——光方。當這一切透過光而相連，融合為一體時，就會開啟新的門。

豬型虛擬腳色的內部湧起了純白的光芒，轉變為波動擴張，充滿了全身。

鏡子裡照出的自己，消融在光芒中。

春雪踏上一步，揮出了右拳。

和瀨利那次不同，這一拳嚴格說來，甚至覺得有些緩慢。

宿有光之波動的拳頭，碰上巨大的鏡子。

鏡子表面無聲竄出放射狀的裂痕。鏡子往內側碎裂，破碎的鏡子底下——有著銀河般無限的星空。

——謠就拜託你了。

再次聽見的說話聲，被啪——一聲加速聲響淹沒。

9

不知不覺間，春雪已經站在靜靜閃爍的銀河上。

「……嗚啊！」

春雪先忍不住喊出來，才低頭看看自己的身體。是粉紅豬嗎……不是。儘管隱隱有些透明，但確定是Silver Crow的模樣。

Highest Level。

他終於獨力再次來到了這個地方。

「成……」

他忍不住要擺出握拳姿勢，但趕緊放下雙手。來到這個地方既不是最終目標，而且真的可以算是獨力達成的嗎？

春雪在鏡之間，確實聽見了有人說話的聲音。是個沉穩，但留有幾分稚氣的少年嗓音。和Trilead、Chrome Falcon，以及Wolfram Cerberus的聲音都不一樣。那個嗓音——搞不好是……

他搖搖頭止住這些思緒。現在他得先顧好該做的事情。

他重新將視線落到眼底的銀河。

靜靜發光的無數星塵，幾乎全都標示著「節點」……也就是現實世界中公共攝影機的所在位置。用這樣的觀點一看，就可以看出這些星星的濃淡與線條，描繪出了東京都都心的詳細地圖。

春雪正下方，光芒格外耀眼的星團……多半是新宿。新宿北邊的池袋，南邊的澀谷，各自形成了不同的星團。

順著由無數節點凝結成的新宿車站，清晰往東延伸的星之路看去。那多半是國道二〇號，也就是新宿大道。道路南側較暗的區域是新宿御苑。更過去是四谷、麴町……再來就是東京正中央，有如黑暗星雲般黑漆漆的巨大空間是皇居，也就是禁城。

春雪張開背上的銀翼——儘管多半不需要——朝禁城下降。

雖然沒有破風的感覺，但星塵之海轉眼間愈來愈近。有些光點的顏色與大小，都和沿著較大的道路分布的節點不同，多半是公敵。他在四谷穿越總武線，將行進路線微微往左修正。穿越千代田區一番町，沿著代官町大道飛行，就漸漸在前方偏左側，看見成為激戰舞臺的北之丸公園，而右側有著禁城北門——通稱玄武門。

在Highest Level，四神應該會是巨大得凶煞無比的大團光點，但目前玄武門周邊仍籠罩在黑暗中。也就是說，攻略作戰尚未開始。

春雪暗自鬆了一口氣，以尖銳的角度迴轉。作戰的集合地點和印堤攻略作戰時一樣，位於防衛省的閱兵廣場，所以春雪本想朝那裡前進。

「……啊。」

春雪先小聲驚呼，然後張開翅膀緊急減速。不同於無限制中立空間和正規對戰空間（Low Level），這裡感覺不到任何慣性，所以感覺非常奇妙，但現在這不重要。

從市谷車站往東八百公尺左右，靖國大道的路面上，有著五顏六色的小小星星組成行列。

數目超過五十個。不可能是公敵。這是黑雪公主等人組成的玄武攻略部隊。

懷著這樣的念頭看去，就在行列最前面，認出有著藍色、水藍色、綠色、緋紅色的星星，以及籠罩著藍紫色燐光的黑色星星。以前他以為無法從Highest Level去辨識個別的超頻連線者，但現在他直覺地理解到，這些星星分別是拓武、楓子、千百合、謠與黑雪公主。在他們身後，還可以看見晶、仁子、Pard小姐、累與志帆子等人的星星。

一行人已經接近到距離北之丸公園大約兩百公尺左右的地點。就無限制中立空間的時間而言，相信再過不到十分鐘，就會抵達玄武門前的待命位置，進行最終的作戰確認。

然而在Highest Level，時間是以超高倍率在流動，甚至連無限制中立空間都顯得像是靜止不動。即使在這裡等上幾個小時，黑雪公主等人也走不到玄武門。

春雪想在Highest Level做的事，就是支援謠。

以前梅丹佐說過，春雪在這個地方能做的，就只有觀察。

然而她同時也說過，如果窮究了一切，那麼「直接從Highest Level干涉資料」也並非不可能……

當然了，春雪完全說不上是到達了那樣的階段。然而，若是現在的春雪，要做出極小極小的干涉——例如說，接觸謠的星星，把能量送過去，是不是辦得到呢？雖然也可能只會是單純的自我滿足，但即使是這樣，也絕對比只是待在現實世界讀秒要好。

然而，要把能量送到謠身上，就必須將時間推進到玄武攻略作戰即將開打之際。時間不容他先回到現實世界，然後再度進入Highest Level。有沒有什麼辦法能在這個地方，降低加速倍率呢？

如果能夠問梅丹佐方法……他先想到這裡，然後立刻搖搖頭。離梅丹佐修復完畢，應該還差了現實時間將近一天。在這之前，春雪不打算打擾她。

——眼前還是先到玄武門去吧。

春雪想到這裡，再度上升。

梅丹佐說過「Highest Level不存在距離」。既然如此，也許只要心裡動念，就能夠做出類似瞬間移動的事，但他連方法都無從推測，而且現在也沒有理由趕時間。

他順著先前的路線折返，飛往北之丸公園。由於太陽神印堤被消滅，之後發生了變遷，日本武道館也已經復原——這也許表示印堤也已經以少了核心的狀態，在別的地方復活，但他們已經沒有必要主動去接觸。

春雪一邊看著左手邊的武道館，一邊緩緩移動，在東京國立近代美術館上空停止。

加速世界的禁城，是東京都都心的各個地標當中，唯一一個造型與現實世界大不相同的地方。現實中的皇居呈狹長的六邊形，禁城則是完美的正圓形；城堡被寬闊的護城河完全隔離，只有東西南北四座大橋通往外界。相當於禁城北門的，是位於北之丸公園南側的乾門，但在現實世界明明有陸地相連，在這個世界則有著寬達五百公尺的無底護城河，張開大嘴，隨時準備將靠近的人吸進去。

護城河上架有寬三十公尺的橋，走到底有著巨大的城門聳立。那就是禁城北門，通稱玄武門。

三年前，第一期黑暗星雲，就將軍團分成四隊，展開禁城攻略戰。

率領南方朱雀門攻略團隊的，就是「緋色彈頭（Testarossa）」Ardor Maiden。

東方青龍門，是「純水無色（Aquamatic）」Aqua Current。

西方玄武門，是「超空流星（Strat Shooter）」Sky Raker與「絕對切斷（World End）」Black Lotus。

而負責北方玄武門的，是「矛盾存在」Graphite Edge。

戰鬥只花了短短一百二十秒就結束，黑暗星雲當場瓦解。在西門，Sky Raker雖然勉強讓

Black Lotus逃脫成功，但Ardor Maiden、Aqua Current，以及Graphite Edge，都為了讓團員在四神的猛攻下逃離，導致自身陷入無限ＥＫ。

Maiden與Current，都好不容易在上個月救了回來，但Graphite Edge似乎在很久以前，就靠自己擺脫了無限ＥＫ。但由於玄武的重力攻擊實在太強勁，讓他無法過橋回到對岸，反而移往玄武門，以第三階段心念「闡釋劍（Elucidator）」，切斷了本來不打倒玄武就不會開的門，逃往了禁城內部。

他雖擔任長城「六層裝甲」第一席，在無限制中立空間卻仍困在禁城之中。當事人似乎對此也不怎麼引以為苦，在黑雪公主等人陷入無限ＥＫ時，還從禁城內幫他們監視印堤的情形將近一年之久，但這次就非得要他離開禁城不可了。不是為了救春雪，而是為了阻止白之王想利用特斯卡特利波卡做的事情。

春雪忽然想到一件事。玄武攻略作戰，當然也已告知Graphite Edge，所以他應該已經為了準備逃脫，去到城門附近待命。如果是從Highest Level，是不是能夠認出他呢？

春雪提升高度，想去窺看玄武門。

然而，以白色光點描繪成的城門雖然半透明，裡頭卻充滿了漆黑的黑暗，看不到任何節點。禁城內外，果然是完全不同的世界。創造禁城的人，與創造廣大加速世界的設計者不同人，創造出來的是個固若金湯的要塞——又或者是牢獄。想來即使從Highest Level接近，也會在護城河上空，受到隱形的障壁阻礙。

春雪放棄找出Graphite Edge，思索接下來該怎麼辦。

在這個時間幾乎靜止的世界等到作戰開始，還是不太實際。有沒有辦法讓時間快轉——換句話說就是讓自己的意識與思考減速呢？他在空中雙手抱胸，尋找提示似的環視下方。

東京國立近代美術館的西側，有著停車場與寬廣的樹林。北邊有科學技術館，東邊是一棟有著兩座獨特圓塔的複合商業大樓。公共攝影機的密度，還是商業大樓當中最高。從這個距離看去，還可以看到緊密相鄰的光點連成的淡淡光流。所有公共攝影機都連上專用網路，將資訊送往所在地點並未公開的「公共安全監控中心(Social Security Surveillance Center)」，所以只要順著那些光流找去，也許就能找出SSC的所在地……

春雪想著這樣的念頭，寧試著這連接節點的光流。

接著他發現了。

面寬很寬的大樓一端聳立的圓塔。塔內有著一叢不是節點的光點。數量是四……不對，是五個。顏色分別是淡紫色、暗紅色、深灰色，接近全黑……以及摻雜銀色、紅色與暗色的奇妙顏色。

不是公敵，是超頻連線者。

是湊巧有小規模軍團在獵公敵嗎？即使是，也不太可能以這麼點人數，就來到禁城附近。

內堀大道與靖國大道都會頻繁出現強大的巨獸級公敵。像他們在印堤攻略作戰即將開始之際，冒出來的「噴火獸（Flame Blower）」，就是即使有十個高等級玩家，也得苦戰一番的強敵。這麼說來，這群人……

春雪一邊下降，一邊凝視五個光點——

忽然間，腦中閃過晴天霹靂般的不祥天啟。

這叢光點正中央是個淡紫色光點，春雪過去就看過好幾次一模一樣的顏色。從帽子與雙眼，合計四個鏡頭眼，即將射出雷射前閃出的紫色閃光。那道光點就是「四眼分析者（Quad Eyes Analyst）」——Argon Array。

一猜到這裡，其他幾個光點的真面目，也就連鎖浮現出來。暗紅色是闖進赫密斯之索縱貫賽的Rust Jigsaw；深灰色是在與白之團的領土戰，以及印堤空投前不久才和春雪打過的Shadow Croaker；黑得幾乎和背景同化的黑點，是仇敵Black Vise。最後……有銀色、紅色與暗色翻騰的光點，是和災禍之鎧MarkⅡ同化的Wolfram Cerberus。

加速研究社的幾乎所有戰力。

這不可能會是巧合。他們是準備伏擊玄武攻略部隊。

「消息……走漏了……？」

春雪以沙啞的嗓音喃喃說完，用力搖了搖頭。

並不是黑暗星雲或其他軍團裡有內奸。是白之團與加速研究社，不知道透過什麼樣的手段，能夠監視無限制中立空間內發生的事。最先想到的，就是Black Vise的「減速能力」，但這次並非如此。因為Vise的「減速」必須要使用到腦內的BIC晶片，和Avocado Avoider的「虛無空間」不同，對其他超頻連線者沒有效力。

不──現在監視的方法不重要。得把加速研究社埋伏的消息，告知黑雪公主等人才行。一旦作戰遭到妨礙，別說讓Graphite Edge脫身，甚至有可能讓包括謠與Graphite在內的眾人，都陷入無限EK。

然而，要怎樣才能告知？

停止加速，去解下黑雪公主的神經連結裝置？不，就像春雪先前那樣，即使對方就躺在身旁，從醒來、起身，抓住神經連結裝置到拔線，無論如何都得花上三秒鐘。在這段期間內，加速世界已經過了三千秒，也就是五十分鐘。這時間已經足以讓黑雪公主等人抵達禁城北門，開始作戰。

而且，用這個手段能夠強制斷線的，只有黑雪公主、以及以串連方式連線的謠、楓子與仁子。對其他成員來說，反而會因為這幾個主力中的主力突然消失，面臨更大的危險。

怎麼辦？怎麼辦──

春雪飄在漆黑的資訊空間裡拚命思索。他有無限的時間可以思考，於是摸索所有方法，評估後一一捨棄，最後得出了一個結論。

除了從這Highest Level直接給予警告外，別無他法。

對謠送出能量的嘗試，都還不確定有沒有實際效用，怎麼想都不覺得要說話讓對方聽見，不是一朝一夕就能達成，但他非做不可。

春雪以前在與災禍之鎧MarkⅡ的戰鬥中，就曾經透過Highest Level，對即將消滅的梅丹佐呼喚，修復了本來就要斷絕的「連結」。當然了，那是因為連結本來就存在才能辦到，自己和黑雪公主與謠他們之間，並不存在與梅丹佐的連結同等的聯繫──但他們之間有著一種叫做情誼的聯繫。即使無法傳遞話語，但如果只是要送出警告的意念，想必辦得到。

「……學姊。」

春雪閉上眼睛，讓腦海中浮現出黑雪公主的身影。

在梅鄉國中校內網路的虛擬壁球區，第一次找他說話時，那身黑鳳蝶虛擬角色的身影。在學生餐廳的交誼廳裡，朝他遞出XSB傳輸線時穿制服的身影。宣告黑暗星雲復活時，那堅毅又英勇的對戰虛擬角色身影。

以及，讓春雪看她後頸上的條碼時，那像妖精一樣美麗，又彷彿冰雕那般易碎的身影──

春雪與Silver Crow，是對黑雪公主與黑之王Black Lotus獻出劍的騎士。無論如何都要保護她到底的誓言，總是照亮春雪的去路，給予他往前進的力量。

只為自己時做不到的事，若是為了黑雪公主，就做得到。絕對做得到。

他用力握緊雙拳，緊閉雙眼。他要張開背上的翅膀，準備再度飛向黑雪公主等人正在走的靖國大道上。

就在這時。

叮……

他聽見了一種像是以極小的槌子敲打極薄金屬片似的，微微的聲響。

叮。叮。昏暗的虛空中，結晶化的聲響接連想起。這愈來愈大的聲響，刺激春雪的記憶。

那是……三天前與白之團的領土戰爭空間，被若宮惠／Orchid Oracle以心念「範式瓦解（Paradigm Breakdown）」轉移到無限制中立空間時發生的事。春雪情急之下呼喚梅丹佐，靠她將意識轉移到Highest Level。他就是在那個時候，聽見了這個聲響。也就是說──

春雪感受到冰冷的戰慄，轉過身去。

叮的聲響──腳步聲，停住了。

以漆黑的黑暗為背景，淡淡的白色人影浮現出來。

半通透的冷光描繪出來的，是個苗條得嚇人的女性型對戰虛擬角色。仿雪結晶的禮服型裝甲、大波浪捲的長髮，像是尖針組成的皇冠。嬌小的程度和白之王White Cosmos大同小異，身高則是矮得多。雖然看不出裝甲色，但這身影春雪不可能會認錯。

震盪宇宙「七矮星」當中位列第二的「瞌睡蟲(sleepy)」——

「……Snow Fairy！」

春雪驚呼一聲，這妖精般的虛擬角色就對他露出天真無邪的笑容。一種酸酸甜甜，像是把水果糖霜滴在蛋白霜上的嗓音，伴隨著少許回音響起。

「好久不見，Silver Crow，我們又見面了。」

「妳怎麼會在這裡……！」

「你上次也問過一樣的問題啊。我的回答也一樣，因為有被看的感覺。」

「…………」

沒錯——領土戰爭那時，Snow Fairy也這麼說過。說身在無限制中立空間的她，感覺到春雪從Highest Level看過去的視線。

春雪也一瞬間將視線落到眼底的圓塔，然後再度問起。

「可是……待在那裡的只有加速研究社的成員吧。我根本沒找到妳。」

「那種傢伙只是外行人。」

那幾個人裡包含了多半是最資深超頻連線者的Black Vise與Argon Array，Snow Fairy卻如此評斷，再次笑瞇瞇地說：

「雖然你也是啦，Crow。在Highest Level，我比你資深太～多，太～多了。」

一聽到這句話，春雪反射性地雙手擺出架勢。雖然知道在Highest Level沒有體力計量表，也沒有命中判定，但他還是無法不擺出防禦架勢。

他一瞬間想了想「資深」兩字的含意，進一步問起：

「妳是……妳也是『契約者』吧。」

「哎呀……這個字眼，你是從誰那裡聽來的？」

直接跟春雪提到這個字眼的人是Centaurea Sentry，但說出這個名字是有百害而無一利，而且還有一個超頻連線者也用過一樣的說法。春雪相信自己並不是和梅丹佐簽訂契約，而是成了朋友，但這也不是現在該說的話。

「……是白之王跟我說的。」

聽到春雪的回答。Fairy惹人憐愛地歪了歪頭，「啊～」了一聲。

「這樣啊，你和Cosmos說過話啦？國王的心血來潮也真令人傷腦筋呢……明明故事的最後一頁都已經近了……」

「最後一頁……？」

春雪複誦這句話，但Fairy不回答，雙手背到身後。

她踏出叮叮作響的舞步，再度看向春雪。

「如果照Cosmos的定義，我大概也是契約者吧。雖然我訂契約的對象已經哪兒都找不到了。」

「找不到……？是四聖之中的……不對，不是梅丹佐與天照以外的其他兩個之一？」

「也不是西王母或烏莎斯，當然也不是倪克斯。」

「西……西王……？」

不曾聽過的名字接二連三出現，讓春雪歪了歪頭。但Fairy也不放在心上，繼續說下去：

「意思就是說，擁有光方的公敵，不止他們幾個。雖然如果被初始化，也就到此為止了……」

Fairy喃喃自語似的這麼說完，輕輕搖了搖頭，用惹人憐愛的鏡頭眼看向春雪。

「好了，聊天就聊到這裡吧。不好意思，我要你在這裡結冰一陣子。」

「結……結冰？」

「因為你是打算來礙事的吧？妨礙Argon他們的伏擊。」

被她丟著這麼一個正中直球的問題，春雪一瞬間說不出話來，然後點了點頭。再掩飾也沒有意義。

「當然。既然知道會被伏擊，我怎麼可能眼睜睜看著。」

「那我也一樣，知道會被妨礙，總不能放著不管吧。」

Snow Fairy淡淡地微笑，春雪覺得突然有一陣強烈的寒風，從她小小的身體吹來，一口氣喘不過來。

這是錯覺。在Highest Level，無法對他人進行物理干涉。Snow Fairy上次出現時，就試圖切斷春雪與梅丹佐的連結，但現在梅丹佐也不在場。不必擔心Fairy對她做出危害——照理說是這樣，但就像先前她所說，對方比春雪「資深太～多，太～多了」也是事實。雖然不明白「要你結冰」這句話的真意，但被她做出物理干涉或切斷連結以外的事情，這可能性並不是零。

既然如此。

春雪不做任何預備動作，突然垂直上升。

他一路衝到再也無法個別認出地上節點的高度，轉移為水平飛行。接著朝西邊可以看見的新宿戰區光芒，全速飛行。

Snow Fairy在Highest Level，是用自己的腳行走。憑那樣的移動速度，不可能持續鎖定會飛的春雪。眼前就先拉開距離，繞一大圈下降，在貼近地面的低空，飛回黑雪公主等人身邊。想來Fairy當然還會出現，但只要在被她發現之前，告知黑雪公主有危險，之後不管被她怎麼樣都不成問題。

春雪以來時數倍的速度，飛在新宿大道的遙遠上空，越過四谷而抵達新宿御苑，結果就在這時。

叮。

又聽見了那個聲響——

「…………!」

春雪驚愕之餘，用翅膀全力減速。明明應該沒有慣性存在，但他仍滑翔了足足十秒鐘左右才停住。

一個白色人影，飄在前方的空中。

以冰針組成的皇冠。由雪花結晶接成的禮服——是Snow Fairy。

「為……為什麼!」

春雪先忍不住回頭看向已經遠遠拋在後方的禁城，這才對背負著新宿戰區耀眼星辰佇立的Fairy問起。

「妳不可能追上我……!」

「所以我才說你外行。」

有著「瞌睡蟲」外號的少女輕輕聳肩，說道：

「在Highest Level距離沒有意義，她沒教過你嗎?」

「……她是跟我說過，但就算這樣……」

「Crow，現在的你和我所看見的，就像是顯示出Mean Level上『資料位置』的三次元螢幕。因為是螢幕，視點的位置可以自由切換。你用游標拚命拖動視點，但直接指定座標飛過去還簡單多了。」

「……也就是說，妳可以自由傳送到Highest Level的任何地方？」

「只要是我能掌握住的地點和範圍。」

「要……要怎麼做……？」

「首先，對想飛去的地方存在的東西……」

Snow Fairy一邊舉起右手一邊說，但說到一半突然閉上嘴，過了好一會兒才說：

「我為什麼非得告訴你不可？」

「妳問我……我問誰啊……」

「而且告訴你也只會白費工夫。因為這個世界就快要結束了。」

「結束……？」

春雪喃喃問起，Fairy就把舉在胸前的右手輕飄飄地朝向他。

「結束已經無可避免。問題就只有我們超頻連線者會怎麼結束。會像突擊連線者（Assault Linker）或毀壞連線者（Corrupt Linker）那樣，沉陷在痛苦、屈辱與絕望之中……還是……」

Snow Fairy說到這裡，頓了一頓，然後輕輕嘆了一口氣，右手一握。

緊接著，春雪全身完全僵得不能再僵。

不是麻痺或結冰那麼簡單。身體明明有知覺，卻連手指、嘴與眼瞼，都彷彿變成了一整塊金屬。不需要氧氣的對戰虛擬角色，也有著「用肺呼吸」的感覺，這點在Highest Level也是一樣，但他連空氣都吸不進來。

這種窒息感是錯覺。腦子裡明明知道，但只是無法呼吸，就讓一種劇烈的恐懼流竄全身。他想呼喊。想用力抓自己的喉嚨。但無論嘴或手都無法動彈。

「對不起喔，很痛苦吧。可是，我只能這麼做。因為如果現在讓Graphite Edge跑出來，事情多半就會有點麻煩。你放心，我不會讓Black Lotus他們陷入無限ＥＫ。就只是希望他們放棄打開城門。」

Fairy以甚至顯得體貼的口氣這麼說完，就踩著叮叮作響的腳步聲往後退開。

「我想，直到有人從Lowest Level幫你解下神經連結裝置之前，你都會在這裡度過非常非常漫長的時間。這樣很可憐，所以我陪你。」

她笑眯眯地微微一笑，就地抱著膝蓋坐下。接著將視線從春雪身上移開，看著遠方的禁城，身體輕輕左右搖晃。

Snow Fairy在想些什麼，春雪已經沒有餘力去想像。

好難受。好難受。好難受。

他拚命想吸進空氣，但連肺都變成了金屬，不管怎麼用力，無論如何用力，都不會鼓起。

儘管覺得乾脆昏過去還比較好，但意識沒有要淡去的跡象。就只有清晰的痛苦、恐懼與恐慌，充斥在思緒中。

來人啊。來人啊。來人啊。

然而這裡是只有受到最高階Being引導的人，才能抵達的Highest Level。無論如何祈求，都不可能有人來救他。是否真如Fairy所說，在黑雪公主他們從現實世界拔掉神經連結裝置前，他都只能忍耐嗎？可是在這之前，到底會有多漫長的時間——

來人啊。來人啊……

過了長得像是無限的幾十秒後，春雪忽然驚覺不對。

如果是梅丹佐。

如果是對Highest Level瞭如指掌的梅丹佐，是不是就能將春雪從這種完全僵硬狀態中解放出來呢？他已經只剩這條路可以期盼。他想擺脫這個痛苦。

春雪準備在腦中拚命呼喚大天使的名號——

就在這時。

春雪卯足了痛苦與恐懼的縫隙間所剩的少許意志力，停下了這近乎哀嚎的念頭。

Snow Fairy為什麼不丟下春雪，自己先回無限制中立空間，而是留在這裡？

因為他可憐？不可能。雖然不清楚Highest Level的時間加速倍率，但即使估計是無限制中立空間的一千倍，到春雪被強制斷線，搞不好得花上一千小時——四十天以上。他怎麼想都不覺得，照對方的個性，會只因為憐憫就花上這麼多時間。

也就是說，Snow Fairy是在等。

等梅丹佐。她是打算讓春雪召喚梅丹佐，把以前想做但沒能得逞的「切斷連結」這件事給做完。若是如此，也就表示Fairy——白之團，把春雪與梅丹佐之間的連結，看得和Graphite Edge脫身有著同等的危險。

——不可以，叫她來。

春雪承受著劇烈的痛苦，這樣告訴自己。

他發誓過，在梅丹佐修復完畢之前，都絕對不呼喚她。現在的春雪，既不是體力計量表在減損，也不是超頻點數遭到剝奪。當然，血肉之軀的身體也並未受到損傷。

就只是難受，就只是痛苦。只要想想去年被班上那群男生霸凌的時候，就覺得這種事沒什麼大不了的。

沒錯，仔細想想，白之團裡的第三把交椅，真正的高等級玩家Snow Fairy，為了應付春雪一個人而待在這裡。想當初Silver Crow剛出現在加速世界時，還打得手忙腳亂，被觀眾嘲笑，外觀像個小兵，也沒什麼像樣的必殺技，現在卻讓不折不扣的頂尖玩家特地來應付他。身為一個玩家，這不是最幸福的事嗎？

直到Fairy受不了為止，要多久我都忍。看我忍下這痛苦，把妳拖在這裡。

不對，這樣不行。春雪必須將加速研究社埋伏的消息，對黑雪公主他們示警。雖然Fairy說不打算讓攻略團隊陷入無限ＥＫ，但如果沒能達成讓Graphite Edge脫身的目標，任務就會以失敗收場。

他必須自力打破這僵硬狀態。

辦得到。理應辦得到。因為無論多麼「資深」，Snow Fairy也和春雪一樣是超頻連線者。Highest Level沒有距離。同樣的，也沒有等級或能力值的分別。

這裡是將資訊的概念加以視覺化的概念世界。以光點形式顯示出來的節點、公敵與超頻連線者模樣就是本質，春雪等人被描繪成的對戰虛擬角色模樣，只是春雪的主觀如此感覺，其實並沒有虛擬角色存在。就只有觀察者春雪的意識。Snow Fairy就是干涉這些意識，帶給他動不了的感覺，說得更清楚點就是錯覺。

同樣的事情，春雪辦不到。

然而，自己是不是能夠干涉自己的意識呢？

例如說，就像擺脫特斯卡特利波卡的重力波攻擊——「第五月」時那樣。

當時春雪是透過將意識稀釋到極限的「無的心念」，哪怕只有短短一瞬間，但他仍確實成功擺脫了特斯卡特利波卡的鎖定。只要此時此地做出一樣的事情，是不是就能擺脫Snow Fairy的干涉呢？

但要做到這點，就必須將無法呼吸的恐懼與痛苦，都完全趕出意識。即使腦子裡明白肉身是不用說，這裡甚至連對戰虛擬角色都不存在，但要抵抗肺吸不到空氣的感覺，實在不是易事。像現在他也是透過拚命思索，才勉強承受住。一旦停止思考的瞬間，知覺肯定會集中在窒息感上。如果Fairy不是只讓他凍住，而是連知覺也全部剝奪，就不用承受這種痛苦了……

不對。

Fairy即使做得到，也是特意留下了春雪的知覺。因為如果不這樣，就無法帶給他痛苦。也就無法讓春雪為了擺脫痛苦而召喚梅丹佐。

既然如此，只要自己消除掉身體的知覺就好。

想像。要想像。不是虛擬角色當中有著血肉之軀。有的就只有稱為資訊的光。光不會有任何知覺。不會受到破壞，也不會受到拘束。就只是存在……

全身漸漸變得溫暖。知覺從手腳指尖漸漸遠去，雙手與雙腳分割開來。腰與腹部也消融得無影無蹤。

胸部化為光粒擴散的瞬間，窒息感也像不曾存在過似的消失無蹤。

頸子、臉、頭也都消失。如今春雪已經化為一團白色光子的集合體，飄盪在虛空中。

仍然抱膝而坐的Snow Fairy沒有動作。這表示她現在還是透過主觀來看著Silver Crow的虛擬角色。她並未察覺春雪已經把身體的知覺截斷。

虛擬角色雖然消失，但他還是無法移動。Snow Fairy那「動不了」的意識干涉還在持續。不破解這種束縛，就沒辦法警告黑雪公主。

下一階段。以「無的心念」讓意識擴散，擺脫Fairy的鎖定。

想像。想像化為光的意識，擴散到整個世界。

看得見，不，是感覺得到Highest Level。

連起無數節點的資訊流。這些光流匯集，隨即分離，形成複雜的迴路。迴路無限往外綿延，從東京往關東、本州……到日本的盡頭。

平面的資訊地圖，漸漸往上下分離。分為三重的日本——加速世界真正的面貌。位於中間的是春雪所在的世界，有著多得數不清的公敵，另外雖然數量較少，但也有超頻連線者存在；然而上下兩個世界，則沒有流動的資訊。Accel Assault與Cosmos Corrupt……這兩者都已經關閉了。如果白之王與Snow Fairy所說的話是對的，BRAIN BURST的這一刻也已經近了。

——不對。

這是…………

還有一個。在很上面很上面……遙遠的上風，還有另一個地圖……？

「第四個世界」。

一個雖然很小，卻非常有活動力的，全新的世界。

春雪無法相信自己所感受到的事物，拚命想將意識送過去。

結果就是不經意的讓意識擴散到極限，從Snow Fairy的知覺中消失。

掙脫拘束的反作用力，讓形成春雪的光子集合體擴散、滲透到了Highest Level——換個說法就是主視覺化引擎——的每一個角落。

這一瞬間。

屬於完全自閉狀態的大天使梅丹佐、夜之女神倪克斯，以及除了處在隔離位址的四神、八神以外的五個最高階Being，都接觸到了春雪的意識，各自表達了某些反應。

巫祖公主鉢里。

曉光姬烏莎斯。

太靈后西王母。

暴風王樓陀羅。

大日靈天照。

其中兩個只產生了小小的興趣，但一個覺得煩擾，一個對突如其來的接觸感到憤怒。這個Being本想將春雪的意識從Highest Level中放逐，但在天照的介入下收起了矛頭。

結果五個Being都在春雪身上做了標記，確立了非常非常細小的連結，但春雪並未察覺。

春雪擴散開來的意識中，被灌進的大量資訊，資料量之大實在不可能全部加以處理，但春雪從其中選出了唯一一個存在，瞬間讓知覺集中在這個點上。儘管資訊中並未包含外觀與聲音，但春雪仍然認了出來。嚴格說來，是有種香氣。一種清爽、清澈更勝於甜蜜的，透明的芳香——

黑雪公主。

——學姊！

春雪將擴散的意識凝聚起來。充盈整個知覺的資訊瀑布瞬間遠去，眼前出現一個光點。是披著一層藍紫色燐光的漆黑星星。

周圍還有著藍色、緋紅色、水藍色與綠色的星星存在。是黑雪公主，以及黑暗星雲的同伴們。是春雪從新宿御苑的上空，傳送到了北之丸公園附近。相信Snow Fairy對此也已經注意到。再過一秒鐘，不，再過半秒鐘，Fairy肯定會再度移動過來。

如今春雪自己也和黑雪公主等人一樣，變成了銀色的星星。雖然沒有手也沒有嘴，但他直覺地了解到該怎麼做。

春雪微微前進，讓銀色星星與黑色星星的一部分融合。

感覺到自己的量子迴路與黑雪公主的量子迴路連結起來的瞬間，他不以聲音構成的言語，而是將壓縮過的意念本身傳達過去。

加速研究社派人伏擊。成員是Black Vise、Argon Array、Shadow Croaker、Rust Jigsaw、Wolfram Cerberus。地點是東京國立近代美術館東邊不遠處，商業大樓的圓形高塔內。Snow Fairy也在附近潛伏，詳細位置不明。Fairy從Highest Level監視攻略團隊，我方動向全被她看在眼裡。

春雪在主觀時間〇・一秒以內，將這些資訊送了過去。緊接著，他感覺到Snow Fairy就要出現在附近。

春雪再度解放意識。這次不擴散到整個Highest Level，而是在感受到某個超頻連線者存在的瞬間，朝那兒跳了過去。

原本存在於四周的同伴們與節點的光點，收縮為視野正中央的一個點，隨即擴散。眼前列出了幾顆與一瞬間之前不同顏色的星星。灰色、紅鏽色、淡紫色……以及黑色。

這顆星星有著讓人光是看著，都覺得意識像是要被吸進去似的深邃黑暗，肯定是Black Vise。但仔細想想，Black Vise的這個虛擬角色名稱終究只是他自稱，本體應該是Ivory Tower才對。那麼照理說星星應該也是象牙色（Ivory）才對——

不，現在不是納悶這種事的時候。Snow Fairy馬上又會追來。

春雪轉動視線，看著存在於稍遠處的第五顆星星。

這顆星星的樣貌，和其他超頻連線者完全不同。作為基調的顏色，是比春雪的銀色更濃一些的鋼鐵色，但上頭卻摻雜著鮮血般的紅與濃密的黑暗，描繪出不定型的雲石紋路。

這就是現在的Wolfram Cerberus。紅色的光，多半就是仁子被搶走而尚未搶回的強化外裝「無敵號」的推進器，漆黑的黑暗則是蓄積在上面的大量負面心念能量。用這樣的觀點看去，也像是紅色與黑色在拘束鋼鐵色的星星。

Black Vise稱Cerberus為「Wolfram Disaster」。彷彿是在宣告這個變化是不可逆的。

但理應不是這樣。就像春雪成功地擺脫了災禍之鎧的詛咒，要將Cerberus從災禍之鎧MarkⅡ解放出來，恢復為原本的他——在高圓寺的人潮中只看過一眼的，那個比誰都更喜歡對戰的少年，應該是有可能的。

春雪就像對黑雪公主所做的那樣，讓兩顆星星微微融合。

緊接著，就有極大量的資訊湧來。不，這不是有意義的資訊。憤怒、痛苦、憎恨，種種負面情感翻騰洶湧的混沌黑暗。

但在黑暗最深處，相當於星核的部分，有個瘦弱的少年，抱著膝蓋縮在那兒。他並未受到壓倒性的負面心念吞沒，保住了自我。

——Cerberus！

春雪抗拒湧來的黑暗，試著將意念傳遞給少年。

——我一定，一定會把你救出來！我會淨化災禍之鎧MarkⅡ，終結加速研究社的圖謀！所以，到時候，我們再來對戰吧……！

他沒有把握意念是否傳遞到。

但春雪仍感覺到那個縮著身體的少年，微微抬起了頭。

已經沒有時間了。Snow Fairy又將再度出現在附近。沒能把能量傳送給謠是很遺憾，但只要春雪的警告有傳遞到，黑雪公主他們應該就會停止玄武攻略作戰吧。距離最重要的特斯卡特利波卡攻略作戰，還有將近整整一天的時間，只要重新籌備作戰就好了。

春雪留在這裡，也沒有別的事情可做了。他切斷與Cerberus的連線，心中唸誦。

——超頻登出。

一切都急速遠去。Fairy那酸酸甜甜的說話聲，在遠方微微響起。

——改天見嘍，Crow。

像是逆向播放加速音效的聲響追過了春雪，將視野染成一片全白。

10

春雪在現實世界醒來，在剎那間一種像是暈眩的感覺消失的同時，猛力坐起上身。兩旁的楓子、謠、仁子與黑雪公主都還閉著眼睛。如果中止作戰，從最近的傳送門離開，最晚應該在兩秒鐘後就會醒來。

然而，等了兩秒鐘，仍然沒有人睜開眼睛。

兩秒半……三秒……三秒半……在無限制中立空間，從春雪超頻登出後已經過了一小時以上。春雪的雙手被汗水弄濕。是訊息沒傳遞到嗎？黑雪公主他們是不是開始了玄武攻略作戰，遭到加速研究社奇襲了呢？

限時斷線保險裝置是設定在十．八秒——內部時間三小時後。所以只要再等七秒，不管在裡面發生了什麼事，所有人應該都會醒來。但這七秒漫長得幾乎像是永恆。他很想立刻就拔掉黑雪公主的神經連結裝置。

正當春雪咬緊牙關，忍住強烈的衝動。此時——

所有人幾乎都在同時睜開了雙眼。春雪朝就躺在他右邊的仁子湊過去，看著她的眼睛。

一瞬間，她的視線失焦。量子迴路正往血肉之軀的大腦，進行記憶的同步處理。混著綠色的褐色眼睛眨了兩次之後，捕捉到了就在上方不遠處的春雪。

「……喂，春雪，你一直湊這麼近看我的臉喔？」

被她皺起眉頭這麼問，春雪反射性地換成跪坐姿勢，搖頭說：

「才……才沒有！作戰怎麼樣了？加速研究社的伏擊呢！」

結果仁子先用雙手把春雪的臉推開，輕巧地坐起。黑雪公主、楓子與謠，也都從棉被上坐起。四人同時面面相覷，默默相視點頭。

「那個聲音果然不是我的錯覺啊。」

黑雪公主這麼說，在微笑中摻雜著疑惑問起：

「你是怎麼對待在無限制空間的我說話的？而且，為什麼你會知道Vise和Argon他們在埋伏？」

她的表情與聲調中，都沒有失意的神色。看來至少並不是所有人都在玄武門陷入了無限EK，那麼為什麼會花那麼多時間脫離呢？

春雪按捺住想知道結果的衝動，回答說：

「呃……學姊妳們加速之後，我去到了Highest Level……」

「什麼？你叫了梅丹佐嗎？」

黑雪公主皺起眉頭，他趕緊雙手連搖。

「不……不是！我是自己一個人……雖然沒有把握能不能成功，但有個人……」

春雪朝謠瞥了一眼，謠回以不可思議的眨眼。雖然怎麼想都不覺得在起始加速空間的能舞臺上聽見的說話聲，就是來自真正的四埜宮竟也，但希望有朝一日，可以和謠一起再去到那個地方。他一邊這麼想，一邊轉過去面向黑雪公主，繼續說明：

「多半是有個人幫我，讓我成功地轉移過去。從Highest Level朝玄武門附近一看，就發現Black Vise他們躲在那座塔裡面……可是這個時候Snow Fairy出現，我被她逮住，但勉強逃脫，跑去跟學姊示警。」

「原來……是這樣啊。」

黑雪公主這麼一說，仁子、楓子與謠，都同時呼出一口氣。

「真是的……鴉同學每次都會做出驚人之舉。能夠靠自己去到Highest Level的超頻連線者，加速世界裡究竟有幾個呢……」

「不，也不是完全靠自己……那……那麼，作戰怎麼樣了？各位都平安脫離了嗎？」

春雪整個人往前傾，仁子用力把他推回去。

「別急，我照順序說給你聽。」

「嗯，嗯……」

「我們所有人都嚇了一跳啊。走在靖國大道上時，Lotus突然說什麼『聽見Crow在跟我說話』，所以我還以為這女的終於連幻聽的毛病都來了。」

「妳說終於是什麼意思？」

黑雪公主瞪著仁子，但她不當一回事，繼續說道：

「那我們當然也就想停下腳步，可是Lotus又說『不要停下來』。這就是因為『瞌睡蟲』那傢伙在監視我們吧？」

「嗯，妳說得沒錯。」

黑雪公主點點頭，接下了說明的角色。

「因為如果Fairy注意到我們明明沒遇到公敵，卻停下腳步，我們收到春雪警告的這件事就會拆穿啊。反過來說，只要我們繼續移動，Fairy應該就會認為Vise他們的埋伏並未被發現……我是這麼想的。」

「然……然後呢……？」

「我一邊行走，一邊向其他軍團的隊長……鈷錳姊妹、Aster、Pound他們，傳達春雪給我的警告。說起來那一瞬間，就是決定這次作戰勝敗的分歧點啊。」

對於黑雪公主這番說法，春雪歪了歪頭。不說分歧點是在收到警告之後怎麼做，而是告知眾人警告內容的瞬間，這話是怎麼說呢？

黑雪公主似乎看穿了春雪的不解，微微一笑。

「照常理來說，鈷錳姊妹他們對於我所謂聽到你說話的說法，多半不會立刻相信，至少會在原地停下來要我詳細解釋吧。然而……他們相信了。可不是相信我啊。是相信從外界對身在無限制中立空間的超頻連線者接觸這樣的奇蹟，如果是Silver Crow，多半真的有辦法引發。」

「…………」

春雪說不出話來，一隻小小的手放到他膝上。左頭一看，謠以正經的表情點了點頭，在他膝上打字。

【UI>當然我們黑暗星雲的團員也都相信了。我們相信，然後一邊走，一邊討論要怎麼做。】

「怎麼做……？都有人埋伏了，不就只能先撤退，重新來過嗎？」

「這樣可不像黑暗星雲的作風啊，鴉同學。」

春雪啞口無言地看著說得理所當然的楓子。

楓子將有點睡垮的白色浴衣衣襟理得整整齊齊，說到：

「『一旦加速，就要一心一意對戰』……這才是我們的方針吧？」

「可……可是，埋伏的陣容裡，有Black Vise、Argon Array，還有Cerberus耶！要同時對付玄武和他們，太危險了！」

「我們當然不會同時跟兩邊打。」

這時黑雪公主說話了，於是春雪維持跪坐的姿勢，轉身向右。

「你聽好了，多虧你的示警，我們不但知道Vise他們在埋伏，連他們的所在都知道了。這也就表示，我們反而獲得了先發制人的機會。」

「先……先發制人……？」

春雪複誦一聲，黑雪公主在他眼前繃緊了表情。

「我們還有另一個重要的方針，那就是『只有受到心念攻擊時，才可以動用心念』……理由你明白嗎？」

「明……明白。因為胡亂動用心念，就會被困在心念的黑暗面……是吧？」

「對。但還有一個單純到了極點的理由。這個理由就是——用心念先發制人太強勢了。只有心念才能抵擋心念。單純擺出防禦架勢也沒有意義。然而完全受到突襲的情形下，來得及用心念防禦的機率很低。」

的確就如她所說。

三天前與白之團的那場領土戰爭前段，黑之團的團員會幾乎全軍覆沒，就是因為被Glacier Behemoth的「末次冰期（Last Glacier period）」與Snow Fairy的「白色結局（Brinicle）」這些威力太強大的第二階段心念先發制人。如果是正規的必殺技，本來應該有辦法因應，但他們沒能破壞Behemoth創造出來的堅冰牢獄，也防禦不了Fairy創造出來的寒氣龍捲風。包括加速研究社在內，黑雪公主等人已經多次遭到對方以心念突襲，所以即使這次以同樣的方式還以顏色，也不必覺得可恥。

然而，還有別的問題。

「也就是說……學姊你們要用心念，不對，是已經對Black Vise他們先發制人了？可是，我方的移動路線已經被對方看穿……要先發制人應該有困難吧？」

「這就得多虧你連他們的正確位置都告訴我們了。」

仁子對春雪的疑問做出這樣的回應，右手迅速一動，叫出了東京的立體地圖。這地圖也分享給了春雪他們，她迅速滑動地圖，挪到北之丸公園。

「你看，這裡就是他們埋伏的PalaceSide大廈圓塔。然後，這邊是我們的移動路徑。」

仁子在地圖上一點，這棟春雪在Highest Level也看到過的那棟有著圓塔的商業大樓隨即發出紅光，而從靖國大道穿越北之丸公園，進到皇居乾門的道路，則發出藍光。

「他們多半是用Argon的透視能力，穿透地形物件監視我們吧。然後打算等我們在橋上展開玄武攻略作戰，再衝出圓塔對我們前後夾擊。可是，無限制中立空間裡，有些東西是連Argon也透視不了的。」

「咦……像是禁城的城牆？」

「那也是，不過我說的是更常見的東西。例如這裡，國立近代美術館裡面就有。」

「…………？」

春雪一邊歪頭思索，一邊凝視這方形的建築物，忽然察覺到仁子說的是什麼。

「啊……傳送門！」

「就是這麼回事。我也能用一種叫做『視覺擴張（Vision Extension）』的熱源掃描特殊能力，模仿透視的把戲，但絕對看不見待在傳送門另一邊的人。我就想到這點大概Argon也不例外。」

「……原……原來如此……」

春雪再度低頭看向立體地圖，指向發出藍光的道路。

「也就是說，大家這樣移動到這裡，在進入大樓和傳送門延長線上的瞬間，用心念先發制人……？」

「對對對。而且傳送門沒有命中判定，攻擊都會穿過去。」

笑得得意的仁子對面，黑雪公主聳聳肩膀。

「不像仁子說得那麼輕鬆就是了。我們一邊移動，一邊不著痕跡地把擁有長射程心念的成員集合到隊伍中央，在我的號令下同步攻擊。還好在特斯卡特利波卡那時候就做過了兩次。」

「成……成功了嗎？」

「就是成功了，現在才能這樣悠哉地說明啊。」

黑雪公主說得自豪，謠迅速補上幾句。

【ＵＩ＞真的好厲害。美術館的建築物轟～的一聲爆炸，各種顏色的心念咻咻咻地爆出來。】

難得看到謠用這種很有國小生樣子的描述方式，讓春雪不由得莞爾。黑雪公主也嘴角帶笑，但隨即換回正經的表情。

「……只是話說回來，Black Vise似乎在即將命中的時候發現不對，和Argon一起用他的拿手好戲『潛影』跑掉了。Shadow Croaker和Rust Jigsaw當場斃命，至於Wolfram Cerberus……承受住超過十發心念直擊，朝我們衝了過來。」

「咦……」

春雪在膝上握緊雙手，小聲問起。

「那……你們和Cerberus，打了一場是嗎……？」

「這個嘛……發生了奇妙的事情。」

「奇妙……？」

黑雪公主默默點頭，交棒似的看了楓子一眼。春雪急忙轉過頭去，楓子就像在比對記憶似的先眨了眨眼，然後靜靜說道：

「全隊就屬我站在最近的地方看到……Cerberus一開始完全是以災禍之鎧那種狂暴狀態衝過來，可是過了傳送門旁邊後，突然生硬地減速。就好像裡頭的超頻連線者，在抗拒對戰虛擬角色的行動……」

對於楓子的說明，黑雪公主、謠與仁子都默默表示同意。

「後……後來呢……情形怎麼樣了？」

「Cerberus用壞掉的機器人似的動作，走進傳送門，就這麼消失了。」

「…………」

搞不好。

搞不好，真的發生了楓子所說的事情。是裡頭的Cerberus，對對戰虛擬角色，也就是災禍之鎧MarkⅡ的破壞衝動，做出了抵抗。哪怕只是暫時，他仍揮開了鎧甲的支配，離開了無限制中立空間。

「……Cerberus。」

一出聲唸出這個名字，雙眼就一陣火熱。他急忙用力閉上眼睛，深呼吸一口氣。

他不知道實際上發生了什麼事。可是，至少Cerberus自己的意志仍未消失。春雪在Highest Level中感受到的，那個在瘋狂肆虐的黑暗中抱著膝蓋的少年，正拚命維持住自我。

就算是為了將他從災禍之鎧，也從加速研究社解放出來，春雪自己就非得打破無限ＥＫ狀態不可。

「……Snow Fairy呢？她沒來礙事嗎？」

「是啊，她根本沒現身。這次似乎是貫徹監視的任務。」

「是嗎……」

但相信就在不遠的將來，又將與她一戰吧。春雪做出這樣的覺悟，終於問出最後一個問題。

「那……玄武攻略作戰已經執行了吧？結果是……？」

結果四名高等級玩家對看一眼，同時露出微笑。黑雪公主先輕聲清了清嗓子——

「Graphite Edge要我帶話給春雪。說是『如果想學「明陰流」，我會在無限制中立空間教你教個夠』。」

11

對春雪說明完畢後，時間是晚上十點三十幾分。

對高中生而言是早了點，但國小生到這時間已經差不多該睡了。然而，謠的房間裡所鋪的兩床棉被要讓五個人睡，就未免太擠，所以年長組的三人，決定在走廊對面八個榻榻米大的客廳睡。

春雪、黑雪公主與楓子，對仁子與謠道晚安後，在客廳的和室桌上做了一點功課——雖然春雪是寫了學生會選舉用演講草稿——但在換日前，一起整理好了臥鋪。

只要收起和室桌，就有足夠的空間可以鋪上三床棉被，春雪暗自鬆了一口氣，心想這樣一來，即使和兩名年長的女生共處一室，大概也還勉強睡得著。

換上鹽見婆婆為他們準備的麻紗材質和服睡衣，關掉房間的燈光，鑽進被窩，在乾燥卻又神奇地令人舒爽的枕頭上把頭靠穩，正要解下神經連結裝置時。

睡在正中央被窩的楓子，朝著靠走廊的春雪，輕聲細語地說：

「對了，鴉同學。」

「什……什麼事？」

「聽說你在小幸家，跟她一起洗了澡？」

「嗯咕！」

春雪覺得空氣跑進肺裡不對的地方，微微有些嗆到。先好不容易調整好呼吸，才對睡在靠窗那床棉被的黑雪公主，無力地呼喊：

「學……學姊……」

「沒有啦……我本來也沒打算說得這麼清楚……」

淡淡的黑暗深處，傳來黑雪公主過意不去的說話聲。

「今晚，我跟楓子洗澡的時候，把我脖子上的條碼，也秀給楓子看了。」

「…………！」

春雪反射性地微微抬起頭。然而，他隨即放鬆雙肩的力道，在枕頭上著地。既然黑雪公主對楓子也能說出她出生的祕密，那絕對是好事。

「是……這樣啊。」

「嗯……然後，在說明關於我出生的種種時，就提到這條碼已經讓春雪看過……我就不小心說溜了嘴，說是在浴室。」

「……是……這樣啊。」

——不過既然是在這樣的情形下提起，相信楓子也不會胡亂猜測。春雪是這麼推想。只不過——

「那，鴉同學，怎麼樣？」

再次聽到楓子說話，春雪朝右側瞥了一眼。但他只能微微認出楓子側臉的輪廓，看不出表情。

「和小幸一起洗澡，感覺怎麼樣？」

「怎麼樣？什麼事情怎麼樣——？」

楓子問話的聲音始終平靜，但楓子表現得平靜時，不能照單全收。春雪掌心冒出一層汗水，拚命地仔細選擇說法回答：

「這……這我當然，一開始嚇了一跳，但黑雪公主學姊願意把一直藏在心裡的事情說給我聽，讓我非常開心……然後我有了個更強的念頭，就是想幫助她……」

「…………謝謝你，春雪。」

昏暗中傳來黑雪公主輕聲道謝，讓春雪覺得胸口一陣溫暖，只是——

「鴉同學，我不是問你這個。」

楓子的聲調顯得更加溫和了。

「我是問你，就一個國中二年級的男生而言，看到小幸的裸體，覺得怎麼樣？」

「哈嘟嗚！」

春雪發出怪聲的同時，黑雪公主也發出壓低的聲音。

「喂……喂，楓子妳在說什麼啊！」

「這個啊，一點都不飢渴，是鴉同學的優點，站在我們ＢＢ女生的立場，也可以放心，可是我實在難免會擔心。像現在也是，你跟我和小幸，把棉被排成一排一起睡，真的百分之百什麼都沒有？」

——只能加速了。

不，如果只是進行超頻連線，楓子說不定就會跑來打正規對戰，而且他也不能進入無限制中立空間。那麼應該逃亡到Highest Level去嗎？但如果Snow Fairy又跑出來怎麼辦？如果找Fairy商量，問她說被高中女生問起國中男生特有的形而下衝動時，該怎麼回答才好，她會願意回答嗎？話說她是幾年級啊？

春雪這種有些恐慌的思緒轉了大約〇．三秒後，戰戰兢兢地回答：

「這這，這個啊，說什麼都沒有也不太對，我當然會心臟噗通噗通地跳……可是我，對師父和學姊，做出這種……不……不適切的事情，這怎麼想都是天理不容的事……」

聽到他拚命從腦子裡輸出的這番回答。

楓子莫名地嘆了一口氣。

「也好，我就姑且當作是這樣吧。可是啊，鴉同學。等到將來，這不再是天理不容的事情時，你可要好好挑出一個對象，好好珍惜對方喔？」

「遵……遵命。」

「還有小幸也真是的，竟然不穿衣服闖進浴室，要是鴉同學按捺不住，妳是打算怎麼辦啊？」

「按……按捺不住？楓子，我說妳喔……」

「今後不要做出這種欠缺思慮的行動。像這樣在現實世界交流熱絡，對軍團是好事，但做姊姊的可不許你們亂了風紀喔。」

——師父到底是希不希望我獸性大發？

——總之，也許應該先拿備用的棉被做成路障，免得睡著時往右滾過去。

春雪一邊想著這樣的念頭，一邊連頭蒙進了薄薄的被子裡。

翌日，七月二十四日，星期三。

楓子和謠為大家做了煎鮭魚、高湯小松菜、溫泉蛋、白飯與味噌湯所構成的純和風早餐，春雪吃完後先幫忙收拾，然後在七點四十五分，和仁子一起離開了四埜宮家。

和似乎有些吃太多的仁子一起慢慢走過住宅區的窄巷，來到環狀七號線。在方南町的路口搭上順時針方向運行的公車，一起坐在兩人座的椅子上。

結果仁子立刻從斜揹的化妝包裡，拿出紅色的XSB傳輸線，一邊用左手接到自己的神經連結裝置上，一邊遞出另一頭。春雪遲疑了一瞬間，用指尖小心接了過來。

公車車上的座位大概坐了七成，也包括了多半是要去參加社團練習的國高中生。要說不在意他們的視線就是騙人了，但年紀較小的仁子都光明正大，所以春雪更不能畏畏縮縮。一讓磁吸式接口喀的一聲接上，腦內就聽到仁子用思考發聲說話。

「我說春雪，吃早飯時提到的小咕那件事啊。」

「咦，妳特地直連就是要講這個？」

「有什麼關係？別說這個了，重要的是小咕。」

「嗯。」

他點點頭，等仁子說下去。

如仁子所說，早餐席上主要是在討論小咕的事。謠邀仁子和春雪來家裡作客時，就說關於小咕，有事情要找他們商量，但似乎是由於時間用在玄武攻略作戰與暑假作業上，讓她遲遲找不到機會開口。

商量事項一，是盛夏的酷熱對策。就算小咕的品種名裡有著非洲兩字，要養在氣溫超過三十五度的室外空間，似乎還是不樂觀。

而商量事項二，就是預計在八月初舉辦的全軍團山形旅行期間，小咕要怎麼辦。這是個更大的難題。選擇就只有找地方寄養，又或者是帶去旅行。實際上兩者都相當不樂觀。

願意寄養貓頭鷹的寵物旅館，說有是有，但基本上小咕只肯從謠手上吃東西。到了最近，牠也開始願意從春雪手上——昨天還從井關玲那手上吃了，但那是因為謠好好跟牠說話。如果不是謠在場，牠對遞出的食物是看都不會看上一眼。

另外，要帶去旅行也並不實際。由於過去的經驗，讓小咕非常神經質，光是習慣現在的飼育小木屋就花了相當多的時間，所以要放進旅行箱裡長時間搭車，會對牠造成太大的負擔。而且也不知道牠在過夜去處所在的春雪外祖父家，能不能穩定下來。

謠說明了這些情形，但連春雪也看得出，她似乎認為唯一的方法就是自己留下。

但這也太令人難受了。山形旅行就像是一種犒賞，犒賞大家打完與加速研究社及白之團的這場漫長而艱苦的戰鬥。春雪已經打電話問過山形的外祖父，是否可以帶將近十五個朋友過去，得到外祖父爽快答應。他尚未說明跟這些朋友是什麼關係，而且要是看到男生只有春雪和拓武，其餘全是女生的這麼一群人，外祖父和外祖母可能都會嚇破膽，但想必會是一場開心的旅行。

可是，那也要同伴們全都到齊。

無論在與綠之團的模擬戰，與白之團的領土戰爭，還是在印堤攻略作戰，以及昨晚的玄武攻略作戰，謠都作為軍團的主軸一路奮戰至今。如果謠不能去，春雪甚至覺得還不如乾脆停辦旅行。然而這個選擇，謠應該是絕對不會接受的。想也知道她會以一貫的笑容說：「請大家不用在意我，好好去玩。」……

春雪瞬間想到這裡而垂頭喪氣時，仁子的說話聲在腦海中響起。

「我說啊，這事我也不知道行不行，所以在Maiden面前就沒提了，不過我們團不是有波奇嗎？」

「波奇……Thistle Porcupine姊？」

春雪一邊在腦海中描繪出那個有著罕見毛茸茸毛皮裝甲的豪豬，一邊回答，仁子就點了點頭。

「嗯，記得她說過，在現實世界養了很大隻的鳥。」

「咦，豪豬養鳥？」

「吐嘈點不是這裡吧？」

被仁子指出這點，春雪趕緊重新說過。

「大……大隻的鳥，是貓頭鷹……？」

「我沒這麼清楚啦，可是記得聽她說過這鳥要吃生肉，所以我想應該是猛禽類。像鸚鵡之類的就不吃肉吧？」

「大……大概吧。」

聽到這裡，春雪才總算猜到仁子要說什麼，朝身旁的她瞥了一眼。

「呃……也就是說，Thistle姊可以讓我們寄養小咕……？」

他這麼一說，紅色的雙馬尾就猛力左右搖動。

「別這麼急，這事完全還不能確定。我還沒問過波奇，而且我跟她在現實中根本沒見過面。」

「咦，是喔？」

聽春雪這麼說，仁子聳了聳短袖襯衫下的肩膀。

「這才是常態啊。軍團裡所有人都在現實中見過面的黑暗星雲才奇怪。只是……我最近也覺得跟日珥，不，是前日珥啦，我也覺得可以和一些主要團員再把距離縮短一點。」

「嗯，這樣很好。」

春雪連連點頭，仁子斜眼瞪了他一眼——

「我話先說在前面，去拜託波奇的時候，你也要來啊。」

「咦……咦咦！」

「你是飼育委員長，這當然的吧？不過，還是得先問問波奇養的是什麼樣的鳥，再跟Maiden……跟小謠商量看看。畢竟就算波奇答應，也不知道小咕肯不肯吃東西。」

「嗯……」

的確，在陌生的地方，又沒有謠在，小咕肯從第一次見面的Thistle手中吃東西的可能性很低。說不定還會跟Thistle養的「大隻的鳥」打架。只是話說回來，這還是要由超委員長謠來判斷。

「謝謝妳，仁子。」

春雪傳出感謝的思念，仁子就再度聳了聳肩膀。

「倒是你啊，下個站牌不就要下車了？」

「咦……啊，真的！」

朝車窗外一看，不知不覺間公車已經過了青梅大道，正逐漸接近中央線的高架橋。春雪趕緊舉起右手，按下虛擬桌面上顯示的下車鈕。

上午八點十五分。

春雪回到自己家的公寓大樓，從居民的人潮中逆流前進，穿越正面的大廳，搭上了電梯。

他在別無其他人搭乘的電梯車廂裡，重播和仁子之間的對話，忽然想到山形旅行乾脆也邀邀看Trilead。春雪和他在現實世界不曾見過面，甚至連與現實相關的事情也完全不談，所以不知道他會不會願意參加，但男生可以增加到三人，會讓他心裡踏實得多。

春雪下了電梯，從外走廊走進有田家。他心想母親多半還在睡，於是小心翼翼地開關玄關門，躡手躡腳走進客廳。

結果一進去，就撞見了從廚房走出來的母親。他眨了幾次眼睛，然後開口：

「我回來了……早啊，媽。」

結果母親──有田沙耶，右手拿著瓷杯輕輕點頭。

「早啊，回來啦。」

她輕輕帶動有光澤的夜間罩衫，從春雪面前穿過，去到餐桌前。她在椅子上坐下，啜了一口綠茶，開始操作虛擬桌面。

春雪也走進廚房，先洗手，然後打開冰箱。拿出裝麥茶的瓶子，順便往冰箱裡一看，前天晚上送行會剩下的墨西哥薄餅捲、小圓餅和千層麵全都已經消失。多半是母親拿來當昨天的午餐和晚餐了吧。

春雪先喝完倒進杯子裡的麥茶，然後放下一直揹到現在的背包，從裡頭拿出可生物分解塑膠製的容器。本來就要放進冰箱，但又停下手，隔著廚房吧檯問了一聲：

「媽，妳要吃飯糰嗎？」

結果母親從桌面抬起頭，露出狐疑的表情。

「飯糰？你從樓下買來的嗎？」

「不是，是在我昨晚過夜的朋友家裡，他們幫我做的。」

加速世界相關的事情，他對母親說了各種謊言，但這句話是事實。是楓子用剩下的白飯與煎鮭魚做成飯糰，讓他帶了足足三個回來。

「嗯……包什麼的？」

「鮭……鮭魚。」

「那我吃一個。可以幫我也弄一碗味噌湯嗎？即溶的就好。」

「知道了。」

春雪一邊用右手打開電熱壺的開關，一邊用左手準備湯碗與方盤。先把有海帶芽與蔥花的味噌湯湯塊放進碗裡，倒進熱開水，然後把飯糰放到盤子上，一起端到餐桌。自己也在椅子坐下，打開虛擬桌面——假裝這麼做，窺看母親的表情。

母親啜了一小口味噌湯，咬了一口飯糰。雖然表情沒有改變，但似乎不是不合胃口，於是就這麼繼續吃。

——記得媽的生日就快到了啊。

春雪忽然想著這件事。

沙耶是還在讀碩士班的二十三歲時，和大她三歲的男性結婚，生下了春雪。在普遍晚婚化的這年頭，她相當早婚。即使到了今年生日，也才三十八歲，前長後短的妹妹頭髮型，頭髮很有光澤，輪廓線也和以前一樣銳利。只是，在明亮的晨光下，眼角的皮膚就透出幾分疲憊……感覺上是這樣。

這也難怪。沙耶在外商投資銀行的交易部門工作，活躍的舞臺是國際金融市場，所以勤務時間很不規律，也經常在交際應酬時喝了酒回家。她在家的時候，也隨時用神經連結裝置在查看市場動向，所以多半會很難有時間好好放鬆。儘管覺得何必那麼拚命……但就是因為母親很努力工作，春雪才能住在這棟大樓，而且有這寬廣的客廳，也才能把多達十幾個軍團同伴找來家裡。

只是話說回來，完全放棄烹飪方面又未免……春雪也難免會這麼想，但如果對冷凍食品不滿，只要自己改善就好。年紀比自己小得多的謠都把菜刀用得那麼好，春雪也不能說自己辦不到。他一邊心想，今晚就來挑戰一些簡單的菜試試，一邊呆呆看著母親吃飯糰，結果——

「……所以飼育委員會的集訓，是做了些什麼？」

突然被問到這種問題，春雪先「呃……」的一聲，停頓了一會兒後回答：

「針對在學校養的動物討論，還有就是暑假作業吧……雖然也玩了一下遊戲啦……」

「動物？兔子之類的？」

「不，是一種叫做白臉角鴞的貓頭鷹遠親。」

結果沙耶從虛擬桌面抬起頭，表情微微緩和。

「哎呀，是白角啊。」

「白……白角？有這種簡稱？」

「是啊，因為我以前也很想養。」

「咦……媽，養貓頭鷹？」

「很～久以前就是了。」

沙耶先強調這麼一聲，然後說下去：

「山形的外公家，不是有櫻桃田嗎？櫻桃很容易被吃掉……鳥類有麻雀、灰椋鳥，動物有野鼠、果子狸，還有熊。」

「熊……熊也吃？櫻桃田有熊出沒？」

「很久以前嘍。現在有高性能的通電柵欄，熊進不去，但用柵欄擋不了鳥和老鼠吧？所以就在田裡設了巢箱，讓貓頭鷹住在裡面。」

「是喔……」

「我小時候，就有長耳鴞跑來住在我們家田裡的巢箱。東北的長耳鴞通常在冬天就會搬家到南方，可是我們家這隻都不會離開田裡……大概待了六年還是七年吧。可是，我國中的時候，牠突然不見了。雖然不知道發生了什麼事，但我就是好難過……我就想到，等我長大成人，一個人住以後，要在家裡養貓頭鷹。」

沙耶和老家的關係很疏遠，會提起小時候的事情，實在相當難得。春雪幾乎不記得這幾年來她曾提起過。

——原來媽媽也有在山形的外公家生活過的孩童時代啊。

春雪想著這樣的念頭，對沙耶問起：

「……貓頭鷹，妳沒養嗎？」

「你既然也在學校照顧白角，應該知道，養猛禽在很多方面門檻都高。一直想著有朝一日，有朝一日，就漸漸忘了這回事。」

沙耶露出淡淡的笑容，喝乾了茶。

「謝謝你的飯糰，很好吃。你今天有什麼打算？」

「呃……大概中午左右，我要再去學校。」

「要小心中暑。」

沙耶一邊說，一邊在春雪的神經連結裝置裡，儲進作為午餐費的五百圓，然後起身。她拿著碗盤走向廚房，春雪一瞬間就想出聲叫住她。

他還有話想說。像是要不要來學校看小咕，要不要一起去山形，或是父親是個什麼樣的人……但他害怕被拒絕，忍不住閉上了嘴。

沙耶在流理臺迅速洗好盤子、碗與茶杯，就要走出客廳。但她在門前停下腳步，回過頭來。

「對了，學生會演講的講稿你寫出來了嗎？」

「啊……嗯，嗯。」

春雪操作虛擬桌面，將草稿檔案傳給沙耶。

「我兩三天內會給你評語，再發給你。」

「慢慢來就好，這不急。」

「這樣想可是會忘記的。」

接在這句回答後的，是門的開閉聲。

春雪回到自己房間，先做了些暑假作業，然後沖個澡，在上午十一點走出了家門。

今天也是晴天，但吹著乾燥的東風，所以比昨天舒適得多。南方的海上發生了颱風，似乎可能在幾天後直衝本州而來，但他們打算去山形旅行的八月上旬，目前預測都將是連日的好天氣。

一抵達學校，他就先跟小咕打聲招呼，開始打掃小木屋四周。即使是夏天，也意外地會掉不少樹葉，如果不每天好好打掃，很快就會到處都積起樹葉。

等到大致打掃完，井關玲那和謠一起出現，讓春雪嚇了一跳。今天是春雪輪班，所以玲那不是應該休息嗎——他這麼一問，結果得到的回答是「委員長不也昨天自己跑來嗎？」

和昨天一樣，三個人一起照顧完小咕，在前庭解散。春雪在開了門但並未營業的學生餐廳，吃了來路上買的麵包，然後去到圖書室，繼續做剩下的暑假作業。傍晚和結束社團活動的千百合與拓武會合，在常去的日式甜點店「圓寺屋」吃了水果蜜黑豆之後回家。

母親已經去上班，留言說到明天深夜都不會回來。即使如此，春雪還是為了試著自己做晚餐，去大樓附設的超市買材料，結果又遇到千百合。他只好說明來買東西的理由，結果莫名地連千百合也跟來家裡，在一旁對調理過程到處出意見。

雖然變得不能說是百分之百靠自己做，但完成的煸雞肉與蠶豆沙拉，滋味還算能吃，大概是多虧了千百合吧。他在玄關送理所當然陪他一起吃了飯才走的千百合離開，回到客廳一看時間，正好是晚上七點。窗外的天空染成了殘照的紅色，開始有一兩顆星星在發光。春雪一邊拉上窗簾，一邊回顧這一天。

整體來說，是非常太平、平靜，開心的一天。

後來春雪一遇到有什麼機緣，就會回想這平平無奇，但因此而可貴的一天。

春雪將制服放進洗衣機，在浴室沖過澡後，穿上五分褲和T恤，刷完牙，回到自己的房間。

Silver Crow救出作戰的預定開始時刻是深夜十一點，由參加者進行的完全潛行會議，則是在作戰開始的一小時前。現在時間是七點半又過了幾分鐘，所以還有兩個小時以上。

就在他一邊想著該做點功課，該把還沒破關的遊戲玩一玩，還是看個什麼影片，一邊在床上躺下時。

叮鈴，叮鈴。春雪的頭部正中心傳來他期待已久的聲響──那夢幻又清澈的鈴鐺聲，響了兩聲。

「────！」

春雪全身一震，急忙把頭靠到枕頭上，用力深吸一口氣。

「無限……」

他喊到一半，驚險地閉上嘴。他不能去無限制中立空間。儘管強烈感受到使不上勁的感覺，但還是重新喊出指令。

「超頻連線！」

啪────！的一聲加速聲響，將春雪的意識從現實世界中分離。

12

春雪和前幾天一樣，以粉紅豬虛擬角色出現在起始加速空間（Blue World），先用屁股彈跳一次，接著立刻站起，尋找能作為前往Highest Level入口的東西。他專注意識，尋找用來揮出正拳的目標物……但自己房間裡的家具只有書桌、櫃子和床，連穿衣鏡都沒有。

無可奈何之下，他只好朝著窗簾沒拉上的玻璃窗擺出架勢，握緊右拳。他按捺住急切的心情，正要想起昨晚在四埜宮家轉移過去時的感覺，結果就在這時──

春雪眼前亮起了一個極小的像素。是一種不可能存在於Blue World的純白光芒。

像素漸漸擴大，成為一個小小的圓。圓的下方創生出尖銳的紡錘形，左右伸出翅膀。一個披著黃金燐光的純白立體圖示。

「咦……？」

春雪一邊發出驚呼，一邊輕輕伸出本來後收到腰際的右手，想去碰這圖示。然而──

「叫你不要隨便亂碰，要說幾次你才懂？僕人！」

是他一直一直好想聽到的，這有如天堂妙音般清澈的嗓音。明明高傲，卻又帶著幾分體貼的，大天使的嗓音。

「梅丹佐！」

春雪以沙啞的聲音一喊，做出再度被罵的覺悟，盡力攤開短短的兩隻豬手，撲向了圖示。他將全長不到十公分的小小物件抱在胸前，從喉嚨擠出話語。

「……歡迎妳回來，梅丹佐。」

他本以為會立刻被臭罵一頓，又或者會被她用翅膀連連拍打頭部，但圖示維持了好一會兒沉默。

隨後圖示從春雪懷裡輕飄飄地溜出，順勢不斷上升。接著在粉紅豬虛擬角色用手碰不到的高度停止，將小小的翅膀張開到極限——下一瞬間，金色的光芒將這藍色的世界照得十分耀眼，讓春雪忍不住閉上眼睛。

春雪擔心她該不會又要消失，結果再度睜開的雙眼捕捉到的——

是站在窗前的苗條女性身影。

純白的禮服，白銀的長髮。背上有著折起的白色翅膀，頭上有著細細的光環。神獸級公敵大天使梅丹佐的第二型態——也就是本體。

春雪啞口無言，呆呆站在原地，梅丹佐就在他面前，將仍然閉著眼睛的美麗臉孔緩緩左右轉動，說到：

「這裡……似乎不是Lowest Level呢。」

「嗯……嗯。」

春雪連連點頭。梅丹佐等幾個最高階Being，將無限制中立空間稱為Mean Level——Mean的意思似乎是「中間」——稱正規對戰空間為Low Level，對現實世界則稱為Lowest Level。當然她應該不曾看過現實世界，而這藍色的世界，她多半也是第一次看到。

「我們是稱這裡為起始加速空間，或是Blue World之類的。感覺就像是……銜接Lowest Level和Low Level的空間吧……」

「那麼，這枯燥無味的房間，就是重現出你在Lowest Level生活起居的房間嗎，僕人？」

「是……是啊。」

春雪點點頭，大天使高高在上地低頭看著他。

「那，你這模樣是怎麼回事？」

「噢，這個，呃……說是用來潛行到Lowest Level的VR空間時用到的虛擬角色，這樣解釋妳聽得懂嗎……」

「也就是用來進入BB2039以外世界時的模樣吧？」

梅丹佐這麼回答，隨即彎下腰，用右手一把抓住粉紅豬虛擬角色兩隻細長的耳朵。她將手忙腳亂的春雪提到和自己的臉一樣的高度，微微皺起眉頭。

「僕人，你用這樣的化身，還真好意思說我的化身是什麼蟲子或寵物啊。」

「那……那不是我說的啊！」

春雪一邊拚命抗辯，一邊忍不住仔細凝視眼前這個大天使的臉孔。

和之前在東京中城大樓第一次見到的時候沒有任何兩樣的超然美貌。完全看不出受創的感覺，但梅丹佐與災禍之鎧MarkⅡ的那一戰中所受的損傷，是無法從外表判斷的。

「梅丹佐……妳都修復完了？」

他戰戰兢兢地這麼一問，Being就輕輕上下動了動翅膀。

「就是修復完了才會呼喚你。本來我應該把你召喚到Mean Level的楓風庵，但移動多半會花到一百秒以上，所以我才親自來見你。」

「謝……謝謝。」

他想低頭感謝大天使的貼心，但由於仍處在被抓著耳朵提起的狀態，也就只有身體前後搖動。

實際上，從高圓寺的有田家，到芝公園的楓風庵，直線距離約有十公里，所以即使Silver Crow以時速一百公里飛行，也得花上六分鐘——三百六十秒左右。而且，現在即使梅丹佐召喚，他也有無法回應的理由。

「……幸好妳過來。其實我現在沒辦法進Mean Level……」

「唔……？」

梅丹佐疑惑地歪了歪頭。

「我進行修復作業時，截斷了所有的資訊輸入，但我還是透過和你之間的連結，監控最低限度的知覺資訊。那個燃燒的滾球……印堤，你們不是成功擊破了嗎？」

「嗯……嗯，勉強……」

「然後我結束監控，把所有資源投注到修復上……是擊破印堤後，發生什麼事情了嗎？」

「呃……」

看到春雪吞吞吐吐，猶豫著不知道該從哪裡說起，梅丹佐不耐煩似的說道：

「不用了，我直接參照你的記憶。」

「咦，這個，不是在Highest Level才能進行嗎？」

「我不是說過，我修復中有在強化連結嗎？現在只要像這樣存在於同一個Level，就可以共有記憶。」

梅丹佐一說完，將以右手提著的春雪拉到自己面前，額頭與額頭碰在一起。

一種迸出火花的感覺。大量的資訊，從春雪的思考迴路，複製到梅丹佐的迴路。

記憶參照完畢後，梅丹佐仍好一陣子沒有要挪動右手的跡象。過了幾秒鐘後，小小的細語聲，落在春雪的豬鼻子附近。

「……………特斯卡特利波卡。」

大天使說出這個名字，才總算解除了額頭與額頭的接觸，但仍不放下春雪，而是將他抱在自己胸口。全身籠罩在柔軟又溫暖的事物裡，這種感覺讓春雪嚇了一大跳，但大天使似乎並未認知到自己做了什麼行動。緊閉的眼瞼下，正在處理大量資訊，這樣的感覺傳了過來。

過了一會兒——

「用來封閉世界的處決裝置。印堤的內側，有這樣的東西……」

她小聲說出的這句話，與Centaurea Sentry得知特斯卡特利波卡的存在時所說的話很像，但聽起來更為沉重。

這是當然的。即使加速世界消失，春雪等超頻連線者也不至於連真正的性命都失去。然而一旦這個世界消失，梅丹佐等Being，從這個角度來看，都將化為烏有。

——不對。

Centaurea的語氣會顯得悠哉，並不是因為認為不會實際喪命，就小看了事情的嚴重性。是因為她想鼓勵春雪等人，讓他們安心。失去BRAIN BURST與死亡無異。相信幾乎所有超頻連線者心中都有著這樣的念頭，而且Centaurea經歷了只能實現一次的復活，了解過這種「死亡」，

所以對此的恐懼應該也更大。

不能讓世界結束。為了梅丹佐，也為了所有超頻連線者。

「不用擔心啦，梅丹佐。」

春雪被大天使抱在懷裡，抬起頭這麼說。

「我絕對不會讓這個世界被關閉。雖然白之王，還有震盪宇宙的其他團員，都說結束是避免不了的，但我不這麼想。因為我們一直在慢慢前進。朝著攻略禁城，抵達最終神器『The Fluctuaing Light』的目標，一步一步在接近。」

「………Crow。」

梅丹佐不叫他「僕人」，而是呼喚虛擬角色名稱，突然睜開了一直閉上的眼睛。她以神聖不可侵犯的金色眼眸，盯著埋在自己胸口的粉紅豬看——

「無……無禮！你在做什麼！也不想想自己僕人的身分，這麼不知分寸！」

她這麼一喊，抓著春雪的耳朵隨手一扔。

「喔哇！明……明明是妳抱我的！」

春雪在藍色的地板上連連彈跳，卻也忍不住開心地想著，有這種不講理的感覺才是梅丹佐啊。

不知不覺間，二十幾分鐘過去，加速結束時間也漸漸近了，所以春雪趕快對梅丹佐說明了今晚的作戰。

要由六個人，同時破壞拘束特斯卡特利波卡的The Luminary荊冠，並利用這一瞬間的空檔逃脫。

梅丹佐要用的劍，由Centaurea Sentry借她。

從十點開始的會議，將在現實世界的潛行聊天室進行，但之後也預計將在無限制中立空間的楓風庵，讓梅丹佐也加入，一起確認作戰細節——

大天使聽完說明，點了點頭之後回答：

「的確，如果湊得齊和Graphite Edge有著同等功力的人，要破壞那可惱的荊冠，應該也是有可能的。問題反而是在後頭……逃脫這部分吧。」

「咦……？」

「你在中城大樓，破壞拘束我第一型態的荊冠時，第一型態的行動足足停止了七秒鐘以上。有這樣的時間，我和你多半可以飛到安全圈，但其他五個人怎麼辦？如果只是在地面奔跑，可沒有人能保證他們可以確實逃脫。」

「啊……」

的確就如她所說。除了梅丹佐以外的五名攻擊手——Trilead Tetraoxide、Cyan Pile、

Centaurea Sentry、Lavender Downer與Graphite Edge，執行作戰後都必須靠自己的雙腳脫離戰場，但無論腳程多快，七秒鐘能跑的距離，多半都是一百公尺以上，兩百公尺以下。東京城堡樂園的園區有一公里見方，而站在中央的特斯卡特利波卡，距離正門約有五百公尺。要在七秒內跑完，是絕對不可能的。

「…………」

春雪只想著自己要擺脫無限ＥＫ，忽略了同伴的安全。被指出這點，讓他垂頭喪氣。

然而，他的耳朵又被一把抓住。梅丹佐提起粉紅豬虛擬角色，低垂的睫毛微微透出遲疑的感覺，然後再度將春雪抱在胸口。

「你放心吧，Crow。」

「咦……？」

「我來讓這五個人逃脫。你只要想著自己脫身就好。」

「可……可是！就算是梅丹佐，如果要一次足足帶五個人飛，速度會……」

春雪正要說下去，大天使就用左手食指，在他額頭上輕輕一戳。

「你知不知道我是誰？已經取回所有力量的現在，抱起區區五個小戰士，根本沒什麼大不了的。」

「那……那至少，把『梅丹佐之翼（Metatron Wing）』……」

他想提議把梅丹佐給予他的強化外裝還回去，但這也被她用指尖駁回。

「那已經組進連結裡，所以無法解除。我說沒問題就是沒問題。有七秒鐘，我會一路飛回我的城堡給你看。」

大天使發下豪語，微微一笑。這次她用雙手把春雪的虛擬身體放到床上，從腳尖緩緩消失的同時，說道：

「那麼，我就在楓風庵等Graphite Edge他們吧。噢，對了……」

梅丹佐即將離開起始加速空間之際，小聲補上一句：

「你這化身，我不討厭。」

結束加速之後，春雪先以郵件對黑雪公主、楓子、瀨利通知梅丹佐已經順利復活的消息。之後的等待時間裡，他點開東京城堡樂園提供的立體地圖，將時間花在儘可能記住地形。春雪的工作，就是在荊冠遭到破壞的瞬間從露臺起飛，往判斷最安全的方向脫離。屆時如果狀況需要，也可能不是飛往高空，而是要幾乎貼著地面飛行。這種時候，是否記得園區的地形，就會讓速度產生很大的差異。

就快了——

只要能夠完成已經迫在眉睫的這個任務，讓春雪和六名攻擊手都逃出特斯卡特利波卡的反應圈，就可以截斷白之團那從三天前的「印堤空投」——不對，多半是從很久很久以前，就一直綿延推動到今天的計畫。儘管根本無從想像擺脫了The Luminary支配的特斯卡特利波卡會怎麼樣，但即使白之王再度馴服成功，應該也無法再驅策這個巨人去攻擊其他軍團的超頻連線者。畢竟身軀那麼巨大，哪怕用飛的，眾人也可以在被接近到有危險的距離之前，就加以察覺並迴避。

就差一道。

只要再越過一道牆壁，就終於能夠領先「剎那的永恆」White Cosmos的圖謀。我們會超越的，一定。

在海姆韋爾特城的露臺上，聽到白之王所說的最後那句話，忽然繚繞在耳裡。

——你要知道，一旦你在不是我指定的日期時間擅自潛行進來，一秒鐘後就會死。當然，你的同伴也不例外。

春雪用力搖搖頭，揮開那甜美的殘響。

「不管是我還是大家，我們才不會死。」

春雪發聲說出來，然後一心一意仔細觀看桌上展開的立體地圖。

晚上九點三十分，千百合伴隨著拓武，來到有田家。

三人一起喝著千百合帶來的那甜度較低，沒有咖啡因的豆漿拿鐵，一邊天南地北閒聊，到了晚上十點，並肩坐在客廳沙發上，進行完全潛行。

這次的會場，也是設在飛天鯨魚塔拉薩的背上。參加的面孔幾乎和上次一模一樣，但日珥方面多了一個新的參加者。是Cassis Moose以「靜穩劍」這個綽號稱呼的Lavender Downer。

春雪在與日珥的軍團合併會議上見過她，但坦白說沒留下太深的印象。

她的對戰虛擬角色，是苗條而嬌小的女性型，淡紫色的裝甲上，有著像是襯衫款制服般的上衣，但春雪不記得她當時佩了劍。關於軍團的合併，記得她是舉手投有條件贊成。

她在潛行聊天室的模樣，也和對戰虛擬角色有幾分相似。不起眼的灰色襯衫上，繫著薰衣草色的領帶，全場就只有她一個人，作這種會讓人誤以為是以血肉之軀參加的裝扮。半長的頭髮在左耳後垂向側邊，戴著鏡框的紫要比領帶深了些的眼鏡。

Lavender Downer在講臺前讓Cassis Moose介紹完，只說了一聲「請多多指教」，就要坐回參加者的椅子。然而，穿和服的鼬鼠——Centaurea Sentry從行列出輕飄飄地走出來，攔住了她的去路。

「好久不見了，拉芬。」

「……萱萱……」

兩人以十分親暱的暱稱稱呼彼此，卻連手也不握，默默對峙良久。過了一會兒，Sentry嘴角微微一緩。

「感謝妳參加這危險至極的任務——雖然我本來以為被拒絕的機率有四成左右。」

「……因為我聽說Crow救了Orcy和Rosy……」

「原來如此——順便問問，妳知道其他花的消息嗎？」

對於春雪聽不懂意思的這個問題，Lavender Downer搖搖頭之後，補充一句：

「……可是，我本來以為已經點數全失的妳和Orcy，原來都還活著，所以……」

「的確，是啊——也罷，要敘舊就留到作戰結束後吧。」

Lavender Downer點點頭，坐回自己的椅子上，Sentry的視線就在參加者身上掃過一圈，不朝著任何人，說道：

「『矛盾存在』那傢伙沒來嗎？」

的確，在場沒看到像是作為攻擊手主軸的Graphite Edge。Trilead站起來，在面具上透出惶恐之意，回答說：

「非常抱歉。我師父說是會在無限制中立空間會合。」

「哼，還是老樣子啊——Raker，不好意思打斷妳了。麻煩妳繼續。」

楓子承接Sentry的交棒，以已經完全有模有樣的教師裝扮虛擬角色模樣，站到講臺後，就以指揮棒在背後的黑板上一敲。上面有個形狀扁平的巨人，巨人的頭上畫了往下延伸的箭頭。

「說是作戰，但步驟極為單純。我抱兩名，梅丹佐抱三名攻擊手，從電訊中心大樓起飛，進入東京城堡樂園上空，在特斯卡特利波卡的頭上空投攻擊手。我繼續飛往若洲方向脫離戰場，梅丹佐則一起下降。六個人各自切斷自己負責的荊冠，然後著地。趁著從馴服狀態解放出來的特斯卡特利波卡重新啟動的空檔，從西方的正門脫離。Silver Crow根據透過『連結』的指示，潛行到無限制中立空間，並立刻往最安全的方向脫離。完畢！」

聽完楓子乾淨俐落的說明，黑雪公主立刻舉起右手。

「Raker，可以問個問題嗎？」

「請說，Lotus。」

「雖然都這個時候了，也許不該這麼說，但我們會不會太依賴大病初癒的梅丹佐？運送、攻擊、傳令，每一個環節的主軸都是她啊。」

聽她指出這點，楓子也面有難色地點點頭。

「就是說啊。可是我實在沒辦法運送足足六個人，而且如果從地上，劍又砍不到頭和胸部的荊冠。多方考量之後，就是會變成這個樣子。」

「至少讓她只負責運送和傳達如何？具體來說，就是我加入攻擊手的行列——」

這話一出口，不只是楓子，其他參加者也都異口同聲地呼喊：

「不～～～行！」

黑雪公主像個小孩子似的噘起嘴，四面八方傳來壓抑過的笑聲，這時春雪也迅速舉起右手。

「這個……」

「怎麼了，鴉同學？」

「就是剛才我和梅丹佐談話的時候，她跟我說，要在特斯卡特利波卡重新啟動的幾秒鐘內用跑的逃脫，會很不樂觀，所以逃脫的時候她也運送五個人走……」

「………」

楓子啞口無言了好一會兒，才過意不去地微微一笑。

「這可得給梅丹子準備一大堆蛋糕才行了。」

接著眾人仔細擬定作戰細節，會議在晚上十點四十五分結束。

之後，參加作戰的成員潛行到無限制中立空間，在東京鐵塔遺址底下集合。與梅丹佐會合進行最後的討論，經由彩虹大橋，前往台場的電訊中心大樓。屋頂的直升機起降場高度有一百二十公尺以上，所以略高於特斯卡特利波卡。只要從這裡起飛，那麼Sky Raker那噴射能量有限的疾風推進器，應該也能夠將兩名攻擊手運送到東京城堡樂園。雖然難保梅丹佐不會說去程也由她運送五個人，但入侵速度是愈快愈好。

要是我在，就可以分擔一些運送的工作了……春雪忍不住這麼想，但這次只能乖乖等梅丹佐聯絡。既然是以透過「連結」聽見的鈴聲來指定時機，就能指定到相當精準。根據前人的實驗，先把指令唸到「Unlimitid Burs」後，最後一個子音「t」拉長最多到兩秒還能生效，所以只要專注到極限，就可以將時間的延遲縮減到〇．一秒，也就是無限制中立空間內的一分四十秒。

春雪與千百合，隔著早一步加速的拓武，從沙發兩側對看一眼。

「不用擔心啦，小春。一切都會順利的。」

千百合輕聲這麼說，他輕輕點頭回應。

「嗯……說到這個，阿拓跟妳，旅行的時候社團可以請假不去嗎？」

春雪特意問起和作戰無關的事情，微微歪了歪頭。

「我是沒問題……不過小拓那邊的關東大賽就快要開打了。不過，他好像一直很期待旅行，我想應該會有辦法。」

「這樣啊。要是阿拓不來，男生就會剩下我一個啦……雖然我也會邀邀看Lead啦……」

聽春雪這麼說，這位兒時玩伴回以慧黠的笑容：

「要是變成那樣，小春的外公外婆一定會嚇一跳吧。」

「這可不是開玩笑的。妳也幫我想想，怎麼解釋我們是怎樣的朋友才最自然啦。」

「坦白說是玩遊戲認識的不就好了？」

「我外公還挺喜歡玩遊戲的，他一定會問是玩什麼遊戲啊。」

「就說格鬥遊戲社團不就好了？」

「我說妳喔……」

聊著這些無關緊要的談話，晚上十一點已經分分秒秒接近。

作戰團隊應該已經會合，開始朝台場移動。如果有問題，梅丹佐會透過連結通知，但他並未聽見鈴聲。

忽然間，千百合隔著拓武的身體，將左手伸過來，抓住春雪伸出的右手，疊到拓武放在肚子上交握的雙手上。

十點五十九分。十秒……二十秒……三十秒……四十秒……五十秒。五十五秒。

六，七，八。

「Unlimited Burs……」

春雪的腦幹，傳來叮鈴一聲鈴鐺聲。

「t！」

清脆的加速聲，讓靈魂離開肉體，飛向遠方。

13

睜開眼睛。

像是珍珠融化似的乳白色天空。眼底有著造型端正的神殿群。是神聖系的高階屬性「靈域」空間。

這是個好兆頭。這個屬性下，大天使梅丹佐的能力值會上升，又完全沒有會妨礙飛行的機關。雖然有著遠程攻擊會被反射的特徵，但攻擊手全都用劍，所以不成問題。

春雪將視線往左看去。

一個漆黑的影子彷彿一座巨塔，聳立在東京城堡樂園的中央廣場。

超級公敵——末日神特斯卡特利波卡。

巨人已經對春雪的出現做出反應。由於角度逆光而顯得全黑的臉孔上，有著白色同心圓發出淡淡的光芒。巨大的右手發出轟隆巨響，動了起來。

只要被打到一次，都難保不會當場斃命。春雪很想立刻張開翅膀起飛，但他還必須吸引住巨人的注意力。他強忍恐懼，一直瞪著巨人。

遙遠的上空，流星閃出光芒。

水藍色與白色的光輝，從西北方的天空接近。水藍色往南方穿出，白光則直線下降。這道光的周圍，出現了五個人影。是梅丹佐與五名攻擊手。

特斯卡特利波卡仍然只鎖定春雪。朝春雪伸出的右手上，出現了比陰影更黑的圓圈。「第五月」——重力波攻擊。圓圈轉眼間迅速增加，蓄力速度比在北之丸公園看到時更快。

春雪反射性地舉起左手。一旦重力波施放出來，也許就會影響到攻擊手的下降軌道。

他將自己心中光的想像聚集在左手，壓縮到極限，釋放出去。

「『光殼屏障』！」

發出白色光芒的極薄薄膜，呈球狀往外擴大。

同時，泛黑的扭曲現象，從巨人的右手放射出來。

他不知道雙方的現象，在加速世界是以什麼樣的邏輯處理。然而在春雪的認知裡，是光子之牆，一邊瞬間擊碎特斯卡特利波卡所發出的龐大重力子一邊擴大，將巨人全身都籠罩進去。

一道白色的流星，貫穿了這道光幕。大天使梅丹佐——

「喝啊啊啊啊——————！」

她在高亢的呼喝聲中，一把又長又大的劍當頭直劈。這把多半是Centaurea Sentry借給她的劍，拖出七色的光芒，在特斯卡特利波卡身上直線劃過，將圈在胸部的最大荊冠一刀兩斷，對腹部與腰部的荊冠也造成了損傷。斬擊的威力似乎還透進了本體，讓他巨大的身軀往後仰。

接著落下的，是Cyan Pile與Trilead Tetraoxide。

「『蒼刃劍』————！」

「天叢雲！」

兩種心念擊碎右手的荊冠，劈開左手的荊冠。

再來兩個人。百褶裙翻飛的Lavender Downer，以及一頭銀色長髮隨風飄逸的Centaurea Sentry。兩人不喊出招式名稱，只將籠罩著極淡卻又極為濃縮的過剩光的劍，以神速揮過。第三階段的心念——

腹部與腰部的荊冠，同時無聲無息地一分為二，往下掉落。

最後——

一名黑衣虛擬角色，握著將靈域空間裡柔和的陽光反射得極為強烈的超鑽石製雙劍，劈進特斯卡特利波卡的頭部。

最後一名攻擊手，Graphite Edge。

巨人轟然伸出右手，想伸手拍掉雙劍士。

Graph左手後收，醞釀出強烈的過剩光，隨即刺出。一連串動作快得駭人，即使憑春雪的眼力也看不清楚。

「奪命擊（Vorpal Strike）！」

從劍刃延伸出來的深紅色長槍，刺穿特斯卡特利波卡的右手。

緊接著，微微帶有白色過剩光的左手劍，輕輕劃過圈在巨人額頭上的荊冠。

一瞬間，什麼事情都沒發生。但緊接著，荊冠中央竄過一條發光的線，隨即左右分家。

第三階段心念「闡釋劍」。

拘束特斯卡特利波卡的六個荊冠，在六名劍士手下，在短短不到零點五秒的時間差裡，悉數遭到破壞。

轟隆隆——……

巨人發出撼動整個空間的重低音，隨即停下了動作。

——就是現在。從The Luminary的拘束下解脫的最高階公敵，重新啟動所需的時間是最短七秒，最長多半也只有十秒。這是為了救出春雪而聚集的這群最強劍士，為他製造出來的第一個，也是最後一個機會。

——飛啊！

春雪從背上的銀翼迸出心念的光芒，垂直起飛。

「——光速翼（Light Speed）！」

即使這一下就耗盡想像也無所謂。就是要飛。飛往白之王的魔手碰不到的遙遠高空。

視野的角落，看見梅丹佐一邊以光的力場，接住一一落下的劍士們，一邊緊貼地面朝西飛行。她多半也卯足了滿溢而出的能量吧，有著一點都不像背上載著五個人的俐落速度。照這樣看來，七秒鐘內可以輕鬆脫離東京城堡樂園的園區。

就快了。

一切就快要結束了——！

忽然間。

一道音牆從後方撲天蓋地而來，壓倒了春雪的聽覺。

吼 啊 啊 啊 啊 啊 啊 啊 啊 啊 ！

春雪本能地一邊飛行，一邊微微回頭，看見了一幅景象。

全身往前傾斜的特斯卡特利波卡，將雙手握在身體兩側，猛力挺出頭部，以這種野獸般的姿勢發出吼叫。

臉上的同心圓不規則變形，一邊朝外圍壓縮，一邊擴大。正中央啵的一聲開出一個洞，上下伸出無數黑色板塊狀物體。那是……牙齒。不是尖銳的牙齒，而是又薄又平的，人類的牙齒。這些牙齒體現出無底的憤怒與渴望而變形，張到最大——

漆黑的破壞性衝擊波，以特斯卡特利波卡的嘴為中心，往全方向發出。

剎那間，春雪明白了。

白之王並不是以The Luminary的荊冠，支配特斯卡特利波卡。

當然控制是有的。但同時也是在加以限制。壓抑住狂野的「末日之神」的力量，使之「停留在超級公敵的範疇」。

巨人腳下，承受黑色衝擊波的白色石板呈放射狀龜裂。聳立在一旁的海姆韋爾特城城牆，也都粉碎四散。

一秒鐘後，破壞性衝擊波還追上了全力上升的春雪。

構成背上翅膀的金屬翼片被撕裂，全身裝甲竄出裂痕。一陣就像被重達數十噸的鐵塊猛力擊打似的，過去從不曾感受到的衝擊。視野左上方的體力計量表，一口氣減少了將近八成。

春雪失去翅膀，連控制姿勢都無能為力，呈椎狀螺旋下墜摔到了海姆韋爾特城最高的尖塔屋頂上。體力計量表又減少了一成左右，變成接近黑的紅色。

但春雪拚命抬起上身，不是看自己的計量表，而是凝視東京城堡樂園的正門方向。

就在這一瞬間，衝擊波將攻擊小隊的六個人也吞沒了。

梅丹佐發出白色光芒的翅膀，散成無數羽毛，被連根扯下。大天使當場墜落，在石板上滑過，五名劍士從她背上摔落，重重摔向地面或神殿的牆壁。

「啊……啊啊……」

春雪發出哀嚎似的驚呼，想要起身。但虛擬角色深深陷在屋頂的建材裡，讓他無法動彈。衝擊波造成的傷害似乎還透進了虛擬身體，讓身體的動作都變得生硬。

但春雪仍勉力將右手從斷垣殘壁中抽出，朝向特斯卡特利波卡的頭部。

「我在這，怪物！」

他以沙啞的聲音呼喊，將僅剩的心念能量集中在指尖。然後讓所剩的最後想像，搭上不規則閃爍的過剩光射出。

「──『雷射標槍』！」

射出的光之標槍，命中了特斯卡特利波卡的頭部，打出了一個深度約有五公分的凹痕。

就只是如此。顯示在巨人頭頂上的十段計量表，連是否減少都看不出來。不，多半幾乎沒能造成任何損傷吧。他感受不到這個空間屬性下本來應該會反射回來的威力。

特斯卡特利波卡彷彿在嘲笑春雪，將臉孔中央的嘴一歪──改變了身體的方向。巨人將尚未受到損傷的左手，朝向還倒在地上的六名劍士。春雪是看不見，但他能夠歷歷在目地想像巨人掌心漸漸冒出同心圓的光景。

「吼啊啊！」

在短促的咆哮聲中發射出去的，是呈螺旋狀翻騰飛舞的火焰。這威力相較於四神朱雀的噴火，多半是有過之而無不及的紅蓮火線，逼向了六名劍士。

「快逃啊————！」

彷彿呼應春雪的這聲嘶吼，一個人站了起來。Graphite Edge。他身上的黑色裝甲滿是裂痕，但鑽石雙劍並未受損。他不是逃走，而是朝螺旋火焰衝上幾步，雙手劍往前挺出——

「『旋劍為盾（Spinning Shield）』！」

在喊出的招式名稱中，兩把劍以劍柄為中心，有如風車似的高速旋轉，隨即化為一面發出白色光芒的光盾。

翻騰的火焰一接觸到光盾，就發出轟的一聲悶響，往廣範圍飛散。從春雪的位置，完全看不見Graph的身影，但他似乎並未被火焰吞沒，而是承受住了攻擊。春雪本以為Graphite Edge是完全專精攻擊型的對戰虛擬角色，但竟能孤身抵擋住擺脫拘束的特斯卡特利波卡所使出的攻擊，這防禦能力實令人思之不寒而慄。只要其他五個人也趁這個機會整頓好狀態，在火線停止的同時開始奔跑，就還有可能逃脫。

既然如此，春雪也不能只是眼睜睜看著戰況進學。就算是為了不讓同伴們的奮鬥白費，他也非得再飛一次不可。所幸，春雪還有著另一副翅膀。有著梅丹佐給予他的天使翅膀。

「著裝……」

就在他準備喊出強化外裝的召喚指令時。

聽見噗通一聲黏答答的聲響。

特斯卡特利波卡維持住左手的火線，腹部也發射出了漆黑的球體。

不是能量彈。這個微微透明的球體，就像一團比重很高的液體，不規則地搖晃著飛去。滑溜的表層，有著紫色的火花四處流竄。

春雪曾經看過一模一樣的攻擊。

記得……是在禁城東門，為了救出Aqua Current……

就在春雪想到這裡時。

有人從Graphite Edge以劍形成的火焰簾幕內側穿出。這個朝著大團黑色黏液衝去的——是Cyan Pile。是拓武。

「唔喔喔喔喔！」

拓武以驚人的速度，將雙手握住的心念大劍直劈下去。藍色衝擊波的刀刃釋放出去，將球體一刀兩斷。

然而。

球體若無其事地又合而為一，再度發出噗通一聲，吞沒了Cyan Pile。

在靜止的黏液球表面亂竄的紫色火花，就像生物似的蠕動。那是……那種攻擊是……

是等級吸收（Level Drain）。本以為只有四神青龍會用的，加速世界最凶惡的特殊攻擊。現在拓武所累積的超頻點數，正受到球體吸取。

「嗚啊啊……啊啊啊啊啊！」

春雪發出嘶吼，胡亂掙扎。也不管體力計量表繼續微幅減損，自己剝去被石材刺穿的裝甲，勉強拿回了上半身的自由時。

包裹住拓武的球體，劇烈地發出電光。

黏液之中，Cyan Pile無力地跪下。就在剛剛，拓武的等級從6減少到了5。

以前在春雪家的客廳，和拓武說過的話，在腦海中甦醒。

——小春，你要答應我，等到將來我們都升上7級……躋身高等級玩家的行列，你要使出全力跟我再打一場。你通過了很多考驗，已經變得越來越強。可是這次換我來努力，想辦法打贏這樣的你。小春，你覺得這條件怎麼樣？

——好，我答應你，阿拓。

春雪與拓武努力到今天，心中一直有著這個約定。由於擊破了太陽神印堤，把升級後的保險用點數也計算進去，距離所需的點數已經只差少許。等到與白之團的戰鬥結束後，要和好友實現這個約定的時候就要來臨——虧他本來是這麼想的。

「住手……住手啊——————！」

春雪的鏡頭眼上滿是淚水，大聲嘶吼。

又是一陣火花爆響，蓋過了他的嘶吼。等級從5……降到4。

特斯卡特利波卡舉起了被Graphite Edge以心念貫穿的右手。不在手掌，而是在五根手指上，附上了黑濁的大團能量。

這是打算給拓武致命一擊。

春雪感覺到這點，用手刀斬斷了說什麼也無法從斷垣殘壁中掙脫的左腳。劇痛。體力計量表減少到只剩一個像素。

他靠一隻腳踉蹌地站起，再度將心念的光芒聚集在右手。然而，過剩光一點都不穩定。即使能夠再度做出攻擊，對特斯卡特利波卡而言，多半也只像是被針輕輕扎了一下。即使如此……即使如此。

忽然間。

春雪不是以五感，而是以靈魂感受到了。

有人在看。他們被人看著。有人從高次元的空間，看著這場慘劇。

有了這種確信的瞬間，春雪就在不伴隨任何動作的「再加速」下，讓意識轉移到了Highest Level。

14

靈域空間乳白色的天空，轉變為通透的黑暗。

所有的建築物，被置換為白色光點的集合體。

Cyan Pile、Graphite Edge、Trilead Tetraoxide、Centaurea Sentry、Lavender Downer、以及梅丹佐，都變成各自顏色的星星在發光。

而在視野正中央，有著過去在Highest Level從未見過的，大得駭人的一團巨大能量在翻騰。與這團能量相比，就連災禍之鎧MarkⅡ也不過是小小的一顆星塵。

那就像將會吞沒一切的黑洞──

「看，我就說這種東西，根本讓人拿他沒辦法吧？」

背後傳來這麼一聲說話聲，春雪轉過身去。

站在那兒的，是以白色光點描繪出來的白之王White Cosmos。由於和原本的裝甲色，不，應該說氣氛一樣，所以即使到了Highest Level，也不覺得如何突兀。

「……妳……早就知道，事情會變成這樣了嗎？」

春雪喃喃這麼問起，Cosmos就輕輕搖了搖頭。

「不是的。我的確早就料到他們會來奪還Crow，但我沒想到他們能同時破壞六個物理無效、高熱無效、腐蝕無效的荊冠。本來特斯卡特利波卡應該要遵照我所安排的程序做出反應，以重力的枷鎖制住你與救援團隊，把你們按在地上直到我抵達。所以，你們終於超出了我的預料……這點你們可以自豪。」

聽到白之王這番彷彿在安慰他的話語。

春雪握緊了雙拳，喊了回去：

「——自豪？就因為我……就因為我太愚昧，才把重要的同伴推進最惡劣的狀況，妳要我自豪？」

春雪無力地跪在了隱形的地面上。在無限制中立空間已經身受重傷的Silver Crow，在這個世界應該還是毫髮無傷，但他並未意識到這點，擠出話來：

「如果至少……至少先從Highest Level看過特斯卡特利波卡一次……看過這個模樣，我就不會覺得有辦法脫身了……」

「都一樣的。無論你說什麼，Lotus和你的同伴們，多半都會進行救出作戰吧。這既是黑暗星雲的優勢，同時也是弱點。」

「…………」

春雪想反駁，但已經沒有氣力。

春雪仍然跪在地上，轉而再度看向這巨大的黑洞。

「……末日，已經到了嗎？那個東西會毀了大家，之後連無限制中立空間也都持續加以破壞嗎？是我……按下了末日的開關。就是這麼回事嗎？」

聽到春雪喃喃自語似的問出這個問題。

白之王回應的聲調甚至顯得體貼。

「我之所以能夠馴服那東西，是因為抓準了那東西從印堤內部剛出現後的啟動程序……抓準了這最初也是最後的空檔。同樣的機會，再也不會來臨……可是——」

「可是……？」

「可是，可能性是有的。所有超頻連線者之中，就只有我，能夠再次讓他停下來……也許吧。」

「為什麼……只有妳可以？」

「因為我在很久以前，就被那東西給吃了。」

她以平板的聲調說出的這句神祕的話，春雪無法理解。他本想問這是怎麼回事，但打消主意，認為現在有更重要的事情要做。現在春雪能做的，也就只剩這件事了。

「……求求妳，白之王，請妳阻止他。在他消滅大家之前。」

他跪坐下來，雙手按到地上，對White Cosmos懇求。

白之王微微歪頭，反問他說：

「我這麼做，有什麼好處呢？我有什麼理由，要救想把震盪宇宙從加速世界中消滅的他們呢？」

「…………………」

春雪用力握住雙手，反覆做了兩次深呼吸，然後說：

「我……」

他從幾乎要卡住的喉嚨，拚命送出話語。

「我，投靠震盪宇宙。我會為了妳，拚命效勞。所以…………所以……」

他只說得到這裡。

白之王即使聽了春雪的提議，優美的面罩上也並未露出任何表情，問得更深入了。

「你？你要我為了得到還乳臭未乾的你一個人，放棄消滅包括也許比王更強的『矛盾存在』在內的這群高等級玩家的機會？」

「……是的。因為我能夠獻給妳的，就只有這些……就只有我的性命和忠誠。」

「嗯……嗯～～」

在把頭歪到另一側，像是陷入思索的White Cosmos身前，春雪就要把頭往地上磕。

但就在他即將這麼做之際，冰冷的宇宙裡，傳來新的說話聲。

「我也和Crow一起投靠白之團。」

春雪立刻回頭，看見的是——

將背上的翅膀張到最開，也睜開了平常閉上的眼睛的，大天使梅丹佐。

「…………！」

春雪反射性地站起，朝梅丹佐伸出雙手。

「不……不可以，梅丹佐！妳得待在黑暗星雲才行！如果妳不代替我，保護大家……保護學姊……！」

「你這個……蠢材！」

光的粒子——眼淚，閃閃發光地從這麼呼喊的大天使雙眼流下。

梅丹佐跑過來，先用拳頭往春雪左肩上一搥，然後將手圈到他背後，用力將他擁入懷中。

她右手牢牢按住春雪的頭，發出悲痛的話語。

「我……修復身體的這十年來，我是多麼寂寞，你都不明白嗎！我再也不要和你分開了！如果你說要去白之團，那我也去！」

「…………梅丹佐……」

春雪只能呼喚大天使的名字。

他拚命按捺著隨時都要從胸中溢出的熱流，將頭轉向左，看向白之王。

結果發現白之王在面罩上露出神祕的微笑，看著他們兩人。沉默持續了一會兒後，被平靜的說話聲打破。

「……也好。」

她緩緩點頭，微微改變語調

「Silver Crow、Being梅丹佐。就拿你們投靠我的軍團這個條件，換取其他五個人的性命吧。Crow，進行效忠的儀式。」

春雪照她的吩咐，從梅丹佐身上分開，朝白之王走上一步。

——對不起，學姊。

他目光低垂，在內心深處對黑雪公主謝罪，單膝跪地。

他手往左腰一放，輝明劍隨即出現。接著用左手握住劍鍔，拔劍出鞘，將劍柄遞給新的王。

White Cosmos接過劍，用劍尖在Silver Crow左肩上輕輕一點。

「此後，你就是我的騎士。只遵從我的命令，為我捨命。」

「遵命。」

梅丹佐也在深深低下頭的春雪身旁，單膝跪地。

劍在兩人面前，高聲插了下去。直立在虛空中的輝明劍另一頭，纖細的腳掌微微轉向。

春雪抬起視線一看，白之王White Cosmos以讓人看不出情緒的表情，凝視著翻騰的黑洞。

（待續）

後記

非常感謝各位讀者看完本書《加速世界》第25集——〈末日巨神〉。

從前一集算來，又讓各位讀者等了一年……即使如此，各位讀者仍然願意繼續看這個故事，真的讓我怎麼感謝都感謝不完。真的是非常非常感謝各位讀者！

（以下將會深度提及故事內容，還沒看過的讀者請注意！）

這一集終於要讓持續很久的〈白之團篇〉告一段落，按照計畫，從下一集起將要開始〈第七神器篇〉。呃，〈ＩＳＳ套件篇〉在第16集結束，白之團是在第17集開始，所以竟然已經寫了足足九集啊。我覺得春雪他們真的有夠努力的！他們是很努力沒錯，但在最後關頭，還是姊姊技高一籌，所以弄成了這樣的結尾……不過Cosmos啊，我是覺得妳收這傢伙入團，真的不要緊嗎～？畢竟春雪去到哪裡都是春雪啊。

寫這第25集，是在二〇二〇年的春天，但執筆環境……應該說社會環境有了劇烈的改變，所以可說是歷經了相當多的辛勞。首先，最關鍵的就是不能去我本來當成工作場所的家庭餐廳！我當然就留在自己家工作，但我已經在家庭餐廳寫了二十年之久，若說執筆的檔次最多到五檔，在自己家就是狀況好也只能打到三檔吧。而且還動不動就會拋錨。無可奈何之下，只好試著找些住家以外的工作場所，但到頭來得出的結論是，一旦缺乏「適度的客場感」就都一樣！現在我圖謀要去為我處理經紀業務的Straight Edge公司辦公室借用辦公桌，就不知道處在這種責任編輯就待在視野內的狀況下，寫不寫得出原稿……（汗）

不過在這新冠病毒疫情之下，我的執筆環境只是小問題，更重要的是娛樂業界，甚至整個社會會變成什麼樣子。我想生活要完全恢復到疫情前的情形，眼前搞不好甚至永遠都不會實現啊……考慮到防疫，完全潛行科技應該會是相當大的福音，我也只能祈禱趕快有人開發出來了。相信各位讀者也是承受著各式各樣的壓力在生活，所以如果本書能帶給大家療癒的片刻，就太令人欣慰了。

也因為有這種種狀況，本集在作業上也是特斯卡特利波卡級地困難重重。責任編輯三木氏、安達氏，以及儘管步調變成一年一本，卻仍一直為本系列心念力量全開繪製插畫的ＨＩＭＡ老師，真的非常謝謝你們！那麼我們下集再會了！

二〇二〇年七月某日　川原 礫

國家圖書館出版品預行編目資料

加速世界. 25, 末日巨神/川原礫作；邱鍾仁譯. -- 初版. -- 臺北市：臺灣角川股份有限公司, 2021.09
面；　公分. -- (Kadokawa fantastic novels)

譯自：アクセル・ワールド. 25, 終焉の巨神
ISBN 978-986-524-767-6(平裝)

861.57　　110011731

Kadokawa
Fantastic
Novels

加速世界 25
末日巨神

（原著名：アクセル・ワールド 25　—終焉の巨神—）

2021年9月6日　初版第1刷發行

作　者：川原 礫
插　畫：HIMA
日版設計：BEE-PEE
譯　者：邱鍾仁

發 行 人：岩崎剛人
總 編 輯：蔡佩芬
主　　編：朱哲成
美術設計：吳佳昫
印　　務：李明修（主任）、張加恩（主任）、張凱棋

發 行 所：台灣角川股份有限公司
地　　址：104台北市中山區松江路223號3樓
電　　話：（02）2515-3000
傳　　真：（02）2515-0033
網　　址：www.kadokawa.com.tw
劃撥帳戶：台灣角川股份有限公司
劃撥帳號：19487412
法律顧問：有澤法律事務所
製　　版：尚騰印刷事業有限公司
ＩＳＢＮ：978-986-524-767-6